사랑 고백 수업

사랑 고백 수업

지은이 하정완
펴낸이 성상건

펴낸날 2025년 12월 19일
펴낸곳 도서출판 나눔사
주소   (우)10270 경기도 고양시 덕양구 푸른마을로15
        301동1505
전화   02.359.3429 팩스 02.355.3429
등록번호 제 2-489호(1988년 2월 16일)
이메일 nanumsa@hanmail.net

ISBN 978-89-7027-819-3   03810
값 15,000 원

*잘못된 책은 바꾸어 드립니다.

사랑 고백 수업

하정완지음

처음 사랑 고백하는 자를 위해!

나눔사

차례

근사하게 고백할 수
있도록

어느 날 한 형제가 매우 낙심한 표정으로 나를 찾아온 적이 있습니다. 그는 사귀고 있던 그녀로부터 사랑의 진정성을 의심받고 있었습니다. 평상시 누구에게나 잘 대하는 그의 행동 방식 때문에 생긴 오해로 보였습니다. 그같은 까닭에 거의 실연 상태였습니다.

하지만 그는 그녀를 진심으로 사랑하고 있었습니다. 그때 이런 생각이 들었습니다. 그녀가 그를 싫어하는 것이 아니라면 이 형제의 사랑을 확인하기만 한다면 다시 만남이 시작되지 않을까 하는 생각이었습니다.

그래서 나는 그 형제의 마음을 담은 사랑 고백시를 대신 써서 보낸 적이 있습니다. 그 시의 말미에 나는 이런 글을 덧붙였습니다.

'이 형제는 진정 당신을 사랑합니다. 제가 확인했습니다.'

그 형제는 액자에 그 시를 넣어 그 자매에게 전했는데 기적처럼 그 시가 계기가 되어 그 형제는 그 자매와 다시 교제를 시작하였고 결국 결혼에 이릅니다. 물론 내가 주례를 섰고 주례사 때 그때 썼던 시를 써서 읽어주었습니다.

그때부터 청년들에게 사랑 고백하는 법을 가르칠 필요를 느끼고 사랑 고백 시를 쓰는 소모임을 만들어 인도하기 시작하였고 많은 청년들이 실제적인 도움을 받아 결혼에 이른 이들이 생겨나기 시작했습니다. 이 책은 바로 그 '사랑 고백 수업'에서 썼던 내용을 정리하여 만든 것입니다.

사실 시를 써서 사랑을 고백하는 일은 얼마나 낭만적입니까? 그래서 근사하게 사랑을 고백할 수 있도록 돕기 위해서 준비했습니다. 아름다운 사랑을 이루는 도구 중 하나가 되기를 소망합니다.

하정완 목사

사랑 고백
레시피

어떻게 사랑을 고백할까? 내가 사랑하는 마음을 어떻게 표현할 수 있을까? 이 터지는 심장을 어떻게 말할 수 있을까?

마음은 간절하지만 표현하려면 힘듭니다. 늘 서투른 고백이 되기 일쑤입니다. 설령 사랑하는 사이라도 사랑의 방법 역시 가볍습니다. 고작 언제나 볼 수 있는 영화를 같이 보고 가끔 근사한 레스토랑을 찾아 식사를 하고 돈만 있으면 살 수 있는 선물로 고백하는 것, 그 정도가 우리의 사랑 고백입니다. 또한 어쩌다 같이 여행을 떠나고 사랑의 터치를 하는 것, 그것이 전부일 때도 있습니다. 그래서 사랑이 흔들리기도 합니다. 심장 속에 있는 사랑을 보지 못하기 때문입니다.

'사랑 고백 수업'은 21일 동안 공부를 하며 시와 편지를 쓰는 것으로 디자인 되었지만 실제 시간은 그보다 적든 많든 상관없습니다. 자신이 정한 기간동안 그(그녀)를 위한 사랑고백을 쓰면 됩니다.

*처음 사랑 고백하는 자를 위해

그(그녀)를 사랑하지만 먼 발치에서 쳐다보고 있기만 하던 사람이 '사랑한다' 고백하기 전까지 사랑의 마음을 적는 시간을 갖기 위함입니다. 그 기간이 한 달일 수도 100일일 수도 있지만 이 책이 안내하는 대로 글을 다 쓴 후에 사용해도 됩니다

서로 사랑하기 시작한 후 그 시간들의 사랑을 고백하기 위혀 준비할 수 있습니다. 100일 기념, 200일 기념 혹은 365일 기념등의 만났던 시간을 기념하여 사랑을 고백하는 시를 쓰고 선물로 준비할 수 있습니다.

*결혼을 위한 프로포즈를 위해

어느 정도 사랑하는 시간이 지난 이들에게는 프로포즈를 위해 이 책을 사용할 수 있습니다. 보통 사용하는 반지와 함께 그(그녀)만을 위한 사랑고백 자필 시집은 진정성 있는 사랑고백이 될 것입니다.

내 안에 있는 사랑을 시로 고백하여 책을 쓰는 것이 생소하거나 어색할지 몰라도 걱정할 것 없습니다. 마음 속에 불타오르는 사랑이라는 재료가 있기만 하면 이 책은 그 사랑을 꺼내어 사랑 고백 시를 쓸 수 있게 도울 것입니다.

가장 중요한 재료는 사랑입니다. 가슴 속에 사랑이 있으면 충분합니다. 두 번째 중요한 재료는 그리움입니다. 사랑을 고백하는 그 날까지 충분히 그 사람을 생각하고 그 사람을 향한 사랑을 익히는 시간입니다. 이것들만 있으면 충분합니다. 이제 다음의 시를 읽고 내가 사랑하는 그 사람의 이름을 적어보십시오.

그 사람

그 사람을 생각하고
그 사람을 그리워하고
그 사람을 꿈꾸다가
그 사람으로 잠자는

심지어

그 사람으로 밥 먹고
그 사람으로 공부하고
그 사람으로 숨쉬고
그 사람으로 걸어가는

보조
재료

사랑과 그리움이란 메인 재료가 준비되었다면 이제 그 사람을 위한 사랑 고백 시를 쓰기 위한 보조 재료들이 필요합니다.

– 낭만적인 노트: 시를 배워가면서 그 시를 써내려갈 낭만적인 노트가 필요합니다. 이 노트는 '그(그녀)를 위한 사랑 고백 자필 시집'이 될 것입니다. 그러므로 가능한 밑줄이 없는 흰 여백의 노트를 준비하시되 하드 커버 혹은 매우 고급스러운 노트를 준비하십시오. 5-60페이지 정도의 노트면 좋지만 더 많은 고백을 쓰고 싶은 사람은 더 두꺼운 노트를 준비해도 좋습니다.

– 잉크가 나오는 펜: 좋은 펜을 준비하십시오. 만년필이나 잉크가 나오는 좋은 펜을 사용하되 색이 바래지 않는 질의 펜이면 됩니다.

경고

어쩌면 늘 그(그녀)를 생각하는 것이 매우 중오한 재료인 까닭에 그 사람만을 생각하다보면 심장이 터질 지도 모르고, 그 사람을 생각하다가 잠을 이루지 못하는 불면증 환자가 될지도 모릅니다. 그렇게 될지도 모를 위험을 감수해야 합니다.

소원

사랑하다
죽어도 좋다
아니 사랑하다
죽어보고 싶다

이제 각오가 되었으면 그 사람을 떠올리십시오. 그 사람이 누구입니까? 누구를 생각하며 시를 쓰시겠습니까? 이제 그 사람의 이름을 적으십시오.

그 사람을 생각하면서 시를 써보십시오. 잘 쓰지 못해도 좋습니다. 그 사람을 향한 마음이면 충분합니다. 거칠어도 상관없습니다. 사랑이 들어있으면 언제나 아름다운 글이기 때문입니다.

I

상사병에
걸리기로

제2일

상사병에
걸리기로

사랑한다는 것은 사랑의 지배를 받는 상황을 말합니다. 무엇을 하든 사랑이란 눈으로 봅니다. 그러다 사랑이 깊어지면 언제나 생각 속에 그 사람이 남아있습니다. 그것이 소위 '상사병(相思病)'입니다.

그대만 생각합니다

솔로몬 왕이 그랬습니다. 그는 술람미 여인을 지극히 사랑하였습니다. 아니, 솔로몬은 죽도록 술람미 여인을 사랑했습니다. 아직 결혼하기 전이었던 솔로몬은 그 사랑 때문에 잠을 잘 수도 없었습니다. 곧 이내 상사병에 걸리고 맙니다.

그것은 술람미 여인에게도 마찬가지였습니다. 그녀 역시 잠을 잘 수가 없었습니다. 그렇게 뒤척이던 어느 날 밤 이슬을 맞으며 솔로몬이 찾아옵니다. 몰래 찾아온 솔로몬이 문 두드리는 소리를 술람미 여인은 듣습니다. 하지만 늦은 밤 선뜻 문을 열 수 없었습니다. 고민만 하다가 문을 열었을 때 솔로몬은 떠난 후였습니다. 갑작스러운 그리움이 밀려왔습니다. 이번에는 술람미 여인이 사랑하는 솔로몬을 찾아 길을 나섰습니다. 다른 방법이 없었습니다.

"나의 사랑하는 자가 문틈으로 자기 손을 들이미시네. 내 심장이 그분 때문에 두근거리네... 내 사랑하는 자를 위하여 문을 열었으나, 내 사랑하는 이는 떠나고 없네. 그가 가시다니, 내 마음이 무너

지네. 내가 그를 찾았으나 찾지 못했네. 그를 불렀으나 대답이 없네”
(아가서5:2-6)

　혹시 이 글을 읽는 순간 마음이 요동쳤을지도 모르겠고 시가 꿈
틀거렸을지도 모릅니다. 자연스레 시가 나올 준비를 하는 현상입니다.

다시 온다면

나의 사랑하는 자
내 마음 안으로 손을 내밀 때

아직 준비되지 못한 나
너를 밀어냈다

너를 잡고 싶었는데
그러지 못하였다

저 만치 가는 너

다시 온다면
다시 손을 내민다면

제가 쓴 이 시처럼 같은 감정이 마음에 맴돌았을 것입니다. 이처럼 사랑은 우리 마음을 흔들어놓습니다. 그래서 사랑은 시의 음식입니다.

상사병이 나다

솔로몬과 술람미 여인 두 사람 모드 밤에 잠을 이룰 수가 없었고, 두 사람 모두 상사병이 나고 말았습니다. 그들은 돌아다니며 이렇게 외쳤습니다.

"예루살렘 여자들아 너희에게 내가 부탁한다 너희가 나의 사랑하는 자를 만나거든 내가 사랑하므로 병이 났다고 하려무나"(아가서5:8)

솔로몬에게도, 술람미 여인에게도 필요한 것은 하나도 없었습니다. 오직 사랑하는 그대만 있으면 되었습니다. 그들이 두려워하는 유일한 병은 그대가 없는 것이었습니다.

'사랑하므로 병이 나다.' 이렇게 됩니다. 사랑이 원래 그렇습니다. 사실 병이 나는 것은 가벼운 것일지도 모릅니다. 사랑하면 내가 사라지고 그 사람 안에서 죽고 싶습니다. 우리 입술에 '죽고 싶다'는 말이 자연스럽게 나옵니다.

죽고 싶다

죽고 싶다
너를 사랑하는 것이라면
죽도록 사랑하고 싶다

사랑하다
죽는 것은
나의 견딜 수 없는 즐거움

죽고 싶다
사랑하다가 죽고 싶다

사랑하기 때문에 상사병에 걸리는 것은 지극히 당연하고 자연
스러운 일입니다. 상사병은 그대만을 생각하는 것이지만 가장 큰 문
제는 해결책이 없다는 것입니다. 그 사람을 만나기 전까지는 끝나지
않습니다. 참 위험한 일입니다.

사랑한다

어디를 향하든
너를 사랑한다

네가 보는 것을
사랑하고
네가 생각하는 것을
사랑한다

너를
사랑한다

　이처럼 상사병에 걸린 자의 고백은 진실합니다. 그러므로 가장 아름다운 사랑의 고백은 상사병에 걸릴만큼 깊이 사랑하는 자의 마음의 진실이 뜨겁게 달궈진 시로 말하는 것입니다.

　이 책은 그렇게 할 수 있도록 도울 것입니다. 사실 유일한 조건입니다. 병에 걸리는 것 말입니다. 그러므로 만일 상사병에 걸리더라도 좋다는 다짐이 있어야 합니다. 그럴 준비가 되어있는 것이 이 책을 사용할 수 있는 유일한 자격입니다.

사랑함으로 병에 걸리더라도

사랑을 해야지

사랑을 해야지
죽도록 사랑을 해야지

사랑을 하다가
정신이 나가보기도 하고

사랑을 하다가
그리움에 미쳐보기도 해야지

그래야 사랑인거지

제 정신으로 사랑하는 것
그게 무슨 사랑인가

계산하고 재며 사랑하는 것
그게 무슨 사랑인가

사랑 고백 수업

솔로몬과 술람미의 사랑을 듣고 또 시를 읽으면서 마음이 동의했다면 무엇인가 숨어 있던 사랑과 그리움이 슬그머니 올라왔을 것입니다. 서툴겠지만 그것을 한번 시로 써 보십시오.

제3일

♥

순전한 사랑 고백

병에 걸릴만큼 사랑하다. 참 근사한 일입니다. 그런데 마음의 뜨거움만큼 시를 규모있게 써내는 것은 쉽지 않습니다.

왜 그런 것입니까? 아이러니칼하게도 그 사람을 사랑하여 그 사람을 깊이 생각하고 있는 것 같지만 사실은 '나'를 생각하기 때문입니다. 그저 나의 감정만 지배적으로 격렬하게 흘러나오기 때문입니다. 그러니까 나의 뜨거운 감정, 흥분, 기쁨에 사로잡혀서 사랑하는 사람을 생각하는 것 같지만 모르고 있는 것입니다. 그러므로 이제 필요한 것은 들떠있는 감정을 차분히 가라앉히고 그 사람을 생각하는 것이 중요합니다.

또 다른 이유는 감정적이면서도 너무 이성적이어서 수많은 생각들을 하기 때문입니다. 심지어 분노 같은 것이 생길 수도 있습니다. 지금까지 나만 사랑하고 있다면, 나의 사랑이 그(그녀)에게 전해지고 있지 않다면, 혹 거절당하고 있다면 갑자기 화가 날 수 있습니다. 이같이 복잡한 생각들이 시 쓰는 것을 방해하는 것입니다.

사랑은 사랑으로

사랑은 사랑으로 아름다우며 시로 아름답습니다. 사랑할 수 있다면 즐거운 것처럼 시를 쓸 수 있으면 즐거운 것입니다. 혹 사랑은

순전한 사랑 고백

얻을 수 없어도 내 안에 사랑든 나의 자유이기 때문입니다. 그토록 사
랑은 사랑만으로 아름다운 것입니다.

사랑은 사랑으로

사랑은 사랑으로 아름답그
시는 시로 아름답다

들꽃은 들꽃으로 아름답그
참새는 참새로 아름답다

그런데 들꽃에 이름을 붙이고
나를 위해 무엇을 하려고 하는 것
그때부터 들꽃은 사라진 것이다

이름을 붙이고
자기 것이라고 선언해버릇으니까

이름을 붙이고
나만 위해 존재해야 한다그 강요했으니까
그런 사람들

사랑하지 마라
시를 쓰지 마라

사랑은 사랑으로 아름답고
시는 시로 아름다운 것이니까

이제 필요한 것은 사랑하는 것입니다. 이유없이 사랑하는 것입니다. 그 사람이 나에게 눈길을 주지 않아도 최선을 다해 사랑하는 것이고 나만 사랑하는 것이 억울해보여도 사랑하는 것입니다. 사실 억울하지 않은 것입니다. 사랑하고 있으니까 그렇습니다. 그냥 더 사랑하십시오.

더 사랑하면 된다

이해가 안 되어도
더 사랑하면 되고
정말 답답할 때에도
더 사랑하면 된다

안개처럼 흐릿하여도

순전한 사랑 고백

더 사랑하면 되고
어둠 속으로 걸어갈 때에도
더 사랑하면 된다

혼자만 있는 것 같아도
더 사랑하면 되고
너무 억울한 것 같아도
더 사랑하면 된다

내 사랑이 억울해 보일수록
더 사랑하면 된다
더욱 더 사랑하면 된다

순전하게 그 사람만 생각하기

자. 이제 모든 생각들을 내려놓으십시오. 특히 걱정과 근심, 다른 사람의 시선으로 그 사람을 보지 마셔야 합니다. 그러므로 순전하게 다른 의식도 없이 그 사람만 생각하는 법을 배워야 합니다.

이제 이렇게 해보십시오. 처음 시작할 때는 밤이 좋습니다. 자기 전에 그 사람을 생각하는 것은 쉽기 때문입니다. 그 사람 때문에 잠을

사랑 고백 수업

자지 못하기도 하겠지만 그 '뒤척임'은 언제나 아름답습니다. 혹 밤이
새도록, 눈이 충혈되도록 사랑함으로 뒤척였다면 충분히 사랑한 것
입니다. 직접 만나서 사랑을 나누는 것과는 다른 더 깊은 사랑입니다.

충혈

밤이 새도록
잠이 오지 않습니다
당신이 시퍼렇게 살아
나를 지배하고 있기 때문입니다

실은 잠을 자도
소용 없기는 마찬가지입니다
이미 꿈 속에서도
나를 소유하고 있기 때문입니다

당신 없이
눈을 뜬 순간은 없었습니다
당신 없이
잠을 잔 순간도 없었습니다
눈은 충혈되었습니다
마음도 충혈되었습니다

이제 오늘 밤 자기 전에 그 사람을 생각하십시오. 눈이 충혈되고 마음이 충혈되도록 그 사람을 생각하십시오. 그렇게 그 사람을 생각하다가 잠을 자십시오.

밤, 지금은 시를 쓰지 마십시오. 그 사람만을 생각하며 잠을 이루십시오. 그리고 아침을 기다리십시오. 그 아침에 시를 쓰십시오. 밤새도록 꿈 속에서조차 생각했던 그 사람이 아침으로 올 것입니다. 그때 시를 쓰십시오.

자, 이제 책을 덮고 잠을 청하시고 아침을 기다리겠습니다.

***준비** ____

자기 전에 시를 쓸 수 있도록 노트와 펜을 머리맡에 두고 자야 합니다. 그리고 일어나자마자 시를 쓰셔야 합니다. 잊지 마십시오. 마음에 흘러나오는 그 사람을 써야 합니다.

아침입니까? 일어나셨습니까? 지금 어떤 편견도 없는 상태에서 그 사람을 얘기하는 시를 쓰십시오.

시는 이렇게 쓰는 것입니다. 순전함으로 써야 합니다. 어느 누구도 의식할 필요가 없고 어떤 불순물도 섞이지 않은 정결한 아침에 그 사람을 쓰는 것입니다. 기술적으로 부족할지라도 순수하기 때문에 무조건 아름답습니다. 그냥 느낌으로 쓰시면 됩니다.

아침 첫 시간

아침
순전한 시간
모든 생각은 사라진채
당신만 떠오르는
첫 시간

정결함으로
당신만 생각하네
꾸밀 필요도 없이
샘물처럼 흘러나오는
당신을 마시네

당신이 흐르네
내가 사네

　　이제 설레는 마음으로 저를 좇아 시를 쓰는 시간을 본격적으로
갖겠습니다. 분명히 이 책은 그 뜨거운 사랑의 마음을 잘 요리해서
시를 쓸 수 있도록 도와줄 것입니다. 뜨거운 사랑이란 재료가 있으니
제가 제시하는 레시피대로 쓰면 아름다운 시가 흘러나올 것입니다.
기대하고 좇아오시면 됩니다.

순전한 사랑 고백

II

시는 사랑에 약하다

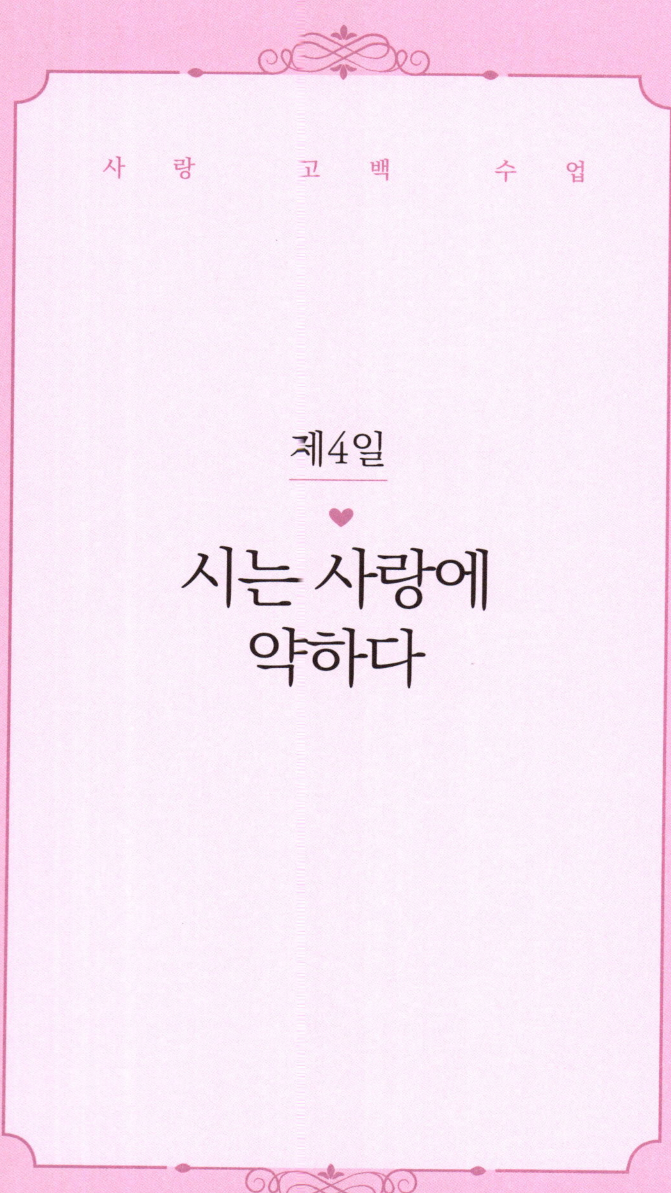

제4일

시는 사랑에
약하다

오로지 그 사람을 위한 시를 쓰기로 하였지만 잘 할 수 있을까 걱정이 될 수 있습니다. 시를 쓰는 것은 쉽지만 어려운 일이기 때문입니다.

물론 어려울지도 모릅니다. 하지만 마음이 열리기만 하면 세상에서 가장 쉬운 것이 시를 쓰는 일입니다. 시는 쓰는 것이 아니라 마음에서 흘러나오는 것을 쓰기 때문입니다. 무엇을 생각함으로 쓰는 것이 아니라 무엇을 생각하지 않아도 나오기 때문입니다.

쉽게 씌어진 시

우리나라가 일본의 식민지였을 때입니다. 그때 살았던 시인 중에 윤동주는 시가 쉽게 씌어지는 것 때문에 힘들어했습니다. 아니, 부끄러워했습니다. 고통스럽고 힘든 현실인데 시는 너무 쉽게 써지니까 그랬습니다.

'인생(人生)은 살기 어렵다는데
시(詩)가 이렇게 쉽게 씌여지는 것은
부끄러운 일이다'
(윤동주, '쉽게 씌어진 시' 중에서)

시는 사랑에 약하다

‘쉽게 씌여지다.’ 흘러나왔던 것입니다. 더욱이 자신이 원하는 대로 시를 쓴 것이 아니라 자신이 원하지 않은 것이 흘러나온 것입니다. 그래서 부끄러웠던 것입니다. 그런데 어쩔 수 없었습니다. 흘러나왔기 때문입니다.

독일 나찌의 학살을 겪었던 아도르노는 ‘아우슈비츠 이후 서정시를 쓰는 것은 야만스러운 일이다’ 라고 말했지만 수없이 많은 시인들이 서정시를 썼습니다. 시는 생각해서 쓰는 것이 아니라 생각하지 않아도 흘러나오는 것이기 때문입니다.

시는 쓰는 것이 아니라 흘러나오는 것이다

안도현 시인이 쓴 시 중에 ‘연탄재’라고 알려진 ‘너에게 묻는다’란 짧은 시가 있습니다. “연탄재 함부로 발로 차지 마라/ 너는/ 누구에게 한 번이라도 뜨거운 사람이었느냐”(안도현, ‘너에게 묻는다’ 중에서) 정말 기막힌 시입니다. 그런데 저는 이 시를 읽는 순간 무엇인가 내 안에서 꿈틀거리는 것을 느꼈습니다.

연탄재 유감

‘연탄재 함부로 발로 차지 마라.
너는 누구에게 한 번이라도 뜨거운 사람이었느냐’

이젠 그만 우려먹어라

그놈의 연탄재 마구 차버려라
그놈의 사랑이라는 것
이미 식어 쓰레기가 되어버렸는데

어느 세월
아직도 그 식은 사랑을 자랑하는가
다시 불을 붙여 활활 타오르지도 않는
다 탄 연탄재 끌어안는 꼴하고는

그냥 확 차버려라
사랑도 없는 것 붙잡고
'옛날이 좋았다'는 소리 그만하고
확 차버려라
내가 가서 확 차버리기 전에

　어떻게 이처럼 순식간에 쓸 수 있었는지 궁금하시겠지만 조금도 어렵지 않습니다. 우리 안에는 시가 있기 때문입니다. 단지 시를 어떻게 살아나게 해서 흘러나오게 할 것인가 하는 문제가 있을 뿐입니다.

정말로 시를 쓰는 것은 어렵지 않습니다. 더욱이 마음에 사랑이란 불이 붙었을 때는 더욱 쉽습니다. 시는 사랑에 쉽게 반응하기 때문입니다. 시는 사랑을 만나면 흥분하기 때문입니다. 그러므로 그 사람 때문에 이미 사랑이 불처럼 붙어있다면 이미 준비는 충분히 된 것입니다.

시 쓰기 원칙

자, 이제 직접 시를 써보겠습니다. 우선 주의할 것은 근사한 시를 쓰는 것보다 내 안에 가득 찬 사랑이 정직하게 흘러나오게 시를 쓰는 것이 더 중요합니다.

유치하게 보일 수도 있지만 오히려 사랑의 정점은 언제나 유치할 수 밖에 없습니다. 마음이 다 드러나는 것이어서 그렇습니다. 그래서 오히려 아름다운 것입니다. 꾸며지지 않은 진실이기 때문입니다.

그러므로 시를 쓸 때는 다음의 원칙을 지키십시오.

- 마음이 말하는 대로 써야 한다.
- 수정하지 않는다
- 5분 이내에 쓴다

잘 쓰는 것이 중요한 것이 아니라, 내 안에 숨겨져있는 시(詩)가 흘러나오는 것이 중요하기 때문에 꼭 위의 원칙을 지키셔야 합니다.

***시 쓰기**

위의 소개된 안도현의 시 혹은 제가 쓴 시를 읽으십시오. 그리고 읽자마자 마음에서 흘러나오는 시를 써보십시오. 다시 위의 글을 읽을 필요는 없습니다. 시를 쓸 때 마음에 남아 떠오르는 싯구나 단어들을 사용해도 좋습니다. 하지만 지금 보고 베껴서는 안됩니다. 자, 이제 써보십시오. 반복하지만 시간이 5분을 넘어서는 안됩니다.

제5일

♥

그 사람을
생각하다

시, 흘러나오는 것이 시라면 우리 안에 저장되어 있다는 뜻입니다. 그런데 이상하게 시가 흘러나오지가 않습니다.

왜 그런 것입니까? 우리가 사람이기 때문입니다. 그것도 오랜 시간을 살아오면서 만들어진 사람이기 때문입니다. 살면서 사람들에게 인정받거나 사랑받고 싶어서 잘 보이려는 행위를 너무 오랫동안 해왔습니다. 그러는동안 자신의 참 자아가 위축되거나 위장된 모습으로 사는 것이 익숙해졌습니다. 진실이 흘러나오기가 힘들게 된 것입니다.

무엇을 말하려 하고, 무엇을 쓰려 하면 우리는 스스로 방어기제를 사용해서 꾸미고, 슬그머니 거짓을 사용하고 교묘하게 포장합니다. 그런데 그것이 매우 자연스럽게 이뤄집니다. 언제나 의식하고 눈치를 보며 살아온 것입니다.

그래서 시를 쓰려면 자연스럽게, 편안하게 쓸 수 없습니다. 먼저 누군가를 의식합니다. 그것을 읽을 사람을 생각합니다. 그 순간부터 시는 꾸며집니다. 자신이 알고 있는 모든 지식과 단어를 동원하여 미사려구로 쓰게 됩니다. 그런데 시는 미사려구 잔치가 아닙니다.

어쩌면 처음 시를 쓸 때는 근사하게 쓸지도 모르겠습니다. 그러나 오래 가지 않습니다. 자신 안 양동이에 있던 시를 쓸 수 있는 감정과 미사려구의 내용들이 머지 않은 시간에 고갈되기 때문입니다.

그 사람이 있다

가장 다행인 것은 내 안에 '그 사람'이 있다는 것입니다. 심지어 그 사람이 나를 요동케 하고 설레게 하고 심지어 잠 못 이루는 밤을 지새게 합니다. 그토록 그 사람은 내 안에 있는 강력한 힘입니다.

내 안에 있는 사람, 시는 내 안에 있는 그 사람에게 말하듯이 쓰는 것입니다. 더욱이 누구나 본래적으로 시를 품고 있기 때문에 그 사람을 만나면 내 안의 시가 속삭입니다. 그것을 쓰면 됩니다. 그래서 쉽습니다.

시를 쓸 때 중요한 것은 정직입니다. 내 안에 그 사람을 사랑하고 그리워하는 깨끗하고 순결한 마음이 흘러나오면 됩니다. 굳이 꾸밀 필요도 없습니다. 분명히 조금만 연습하면 그 사랑은 시로 자연스럽게 표현될 수 있을 것입니다. 사랑이란 아무리 무엇으로 가두고 막으려 해도 흘러나오게 하는 놀라운 힘이 있기 때문입니다.

사랑은 흘러나옵니다. 매우 직설적인 언어가 흘러나옵니다. 우리 안에 있는 사랑은 그토록 강력합니다.

이 책을 쓰면서 나는 내가 사랑하는 사람을 생각했습니다. 그 순간 흘러나온 시가 바로 이 시입니다. 전혀 수정하지 않고 불과 2-3분만에 쓴 시입니다.

너를 생각하면

너를 생각하면
늘 하늘에 떠 있다

그러다 너를 만나면
나는 사라져간다

너만 보인다
아, 너만 보인다

어떻게 이런 글이 흘러나온 것입니까? 사랑이 흘러나오도록 우리
안에는 그리움이 쌓여있기 때문입니다. 심지도 않았는데 어느 집 마당
에 가득히 돋아난 들꽃처럼 말입니다. 그것이 그리움입니다. 사랑이 흘
러나오는 통로입니다.

그리움의 이유

어쩌다
이런 그리움이 생긴걸까

어느 집 앞 마당을 가득 채운
들꽃처럼

나에게 물어보지도 않은 채

너를 없앨 수도 없을만큼
이렇게
내 안에 가득하게

어쩌다 이런 그리움이 생긴걸까

사랑을 시 쓰다

시를 쓸 때 가장 중요한 것은 정직한 사랑입니다. 깨끗하고 순결
한 마음을 담은 사랑이 흘러나오게 해야 합니다.

이제 시를 써보겠습니다. 시를 쓸 때 시 쓰기 원칙을 절대로 잊어서는 안됩니다. '마음이 말하는대로 수정하지 않고 5분 이내에' 써야 합니다. 이제 먼저 그 사람을 생각하십시오. 그 이름을 다시 한 번 천천히 얼굴을 떠올리며 써보십시오. 그 사람의 이름을 쓰는 순간 생각나는 마음의 소리를 받아 적으시면 됩니다. 지금 써 보십시오.

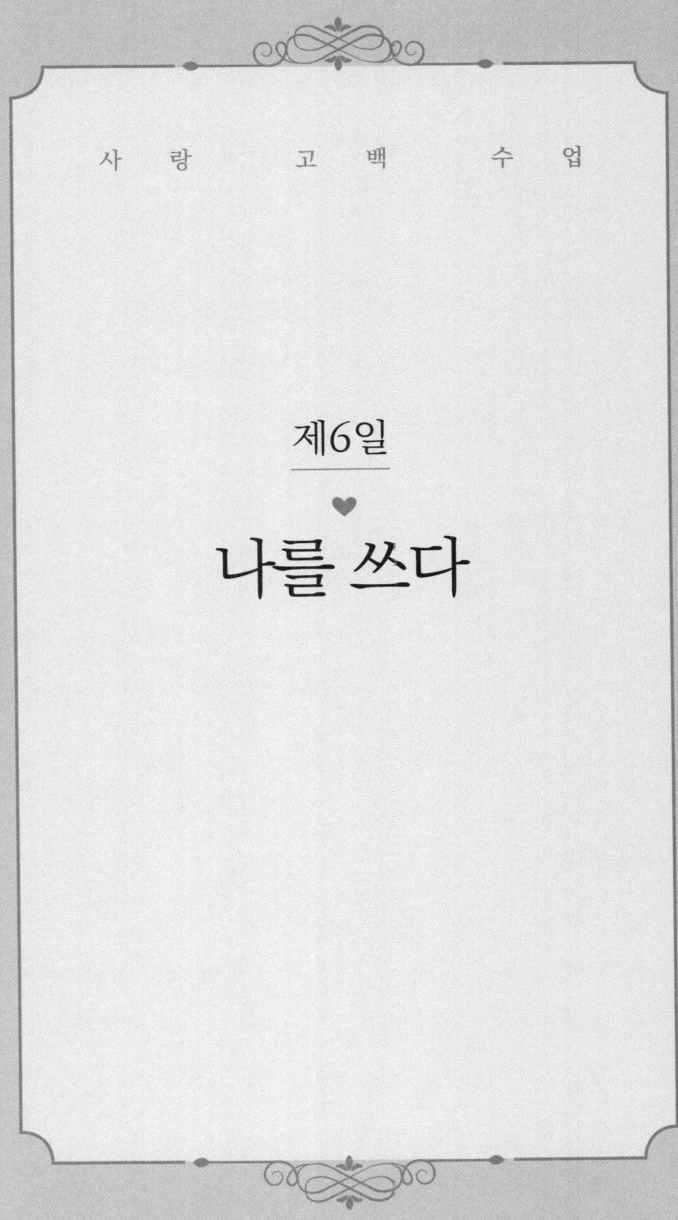

제6일

나를 쓰다

어제 그 사람을 생각하면서 썼던 자신의 시를 다시 읽어보십시오. 혹시 어제 그 기막힌 요청대로 쉽게 시를 썼다면 시를 쓸 줄 아는 사람입니다. 더욱이 자신이 쓴 시를 읽으며 감동하고 있다면 충분히 시인입니다. 하지만 대부분은 시를 썼지만 마음에 들지 않거나 제대로 시가 써지지 않았을지도 모릅니다.

누차 강조한 것처럼 '시를 흘러나오게 하라'는 말이 쉽지 않았을 것입니다. 실제로 쉽게 흘러나오지 않기 때문입니다. 내면의 문제는 두고서라도 나오지 않습니다. 왜 그런 것입니까?

시를 쓴다는 것의 두 번째 중요한 것은 구상을 추상화하는 것이기 때문입니다. 비록 시가 상징과 은유로 사용되는 것이어서 추상적으로 보이지만 구상적인 것에 기초하고 있습니다. 그러니까 구상적인 것의 충분한 생각이 이루어지는 것이 우선입니다. 그것을 상상하는 것입니다.

나를 쓰다

우리가 사랑하는 대상이 사랑스럽다고 말할 때는 어떤 느낌에 기초할 수도 있지만 무엇인가 떠오르는 구상적인 모습에 기인합니다. 사실 우리가 시를 쓰는 대상에 대한 생각은 이미 숙성되어 있다고 봐야 합니다. 그리움은 언제나 숙성의 완성이어서 그렇습니다.

하지만 아마 경험하였겠지만 내 안에 너무나 꽉 들어차 있는 그 사람을 표현하는 것이 쉽지는 않습니다. 너무 많아서 그렇습니다. 그 사람을 사랑하는 내가 너무 많고, 또한 그 사람이 너무 많기 때문입니다.

그래서 시가 힘들었던 것입니다. 그 너무 많은 나와 그 사람을 정리하고 쓰기에 한 편의 시로는 너무 부족해서 그렇습니다. 그러므로 아직 마음이 정리되지 않고 복잡하게 얽혀있고 너무 가득 찬 내 안을 구분하고 분류할 필요가 있습니다.

첫 번째 주의할 것은 나 자신입니다. 나 밖으로 나가서 나의 마음, 아픔, 느낌, 흥분하는 모습을 보십시오.

두 번째 주의할 것은 그 사람입니다. 그 사람의 모습, 냄새, 느낌 등을 주의하십시오.

자, 이제 두 관점에서 시를 써보겠습니다. 우선 시를 좀 쓰기 쉽게 그 사람을 생각하되 매우 구체적인 모습을 상상하겠습니다. 다음의 글을 읽을 때 그 장면들을 마음에 그리시고 구체화시키시길 바랍니다. 그리고 읽고 난 후에는 몇 분이든지 그 장면을 그리고 생각하십시오.

'길을 걸어가다가 우연히 그 사람을 봅니다. 아직 그 사람이 나를 알아채리지 못한 상태입니다. 나만 그 사람을 먼저 발견하였는데 저기 10m 앞에서 걸어오고 있습니다.'

위의 장면을 떠올렸다면 먼저 처음 본 나의 느낌을 생각하십시오. 그 다가왔던 치열한 생각들과 흥분들, 내 마음의 움직임들을 주의하십시오. 시의 첫 시작은 쉽게 할 수 있도록 드리겠습니다. '너를 보는 순간'으로 시작하십시오. 이어지는 제 시는 읽지 마시고 먼저 시를 쓰십시오. '마음이 말하는 대로 수정하지 않고 5분 이내에'

지금 자신이 쓴 시를 다시 한번 읽으십시오. 그리고 제가 쓴 시를 읽으십시오. 이 시는 똑같은 방법으로 그 사람을 생각했고, '너를 보는 순간' 느낀 나를 쓴 시입니다.

너를 보는 순간

너를 보는 순간
숨이 콱 막혔다

아무 말도 꺼낼 수 없었다
이상한 소리만 나왔다

내가 아니었다
나를 잃어버렸다

그렇게 너를 볼 때마다
나는 나를 잃는다

다시 한 번 써보겠습니다. 이번에는 그 사람을 생각하는 순간 반응하는 나의 감정, 마음, 생각들을 느껴보십시오. 그리고 다시 '너를 보는 순간'으로 시작하는 시를 써보십시오.

제7일

♥

너를 쓰다

너를 쓰다

어제 우리는 '너를 본 순간' 자신이 반응하는 자신의 감정과 마음을 시로 써보았습니다. 이번에는 '나'가 아니라 '너'에게 초점을 맞춰서 시를 써보겠습니다.

먼저 그 사람을 생각하겠습니다. 어제 생각했던 그 장면으로 돌아가 철저히 그 사람을 생각하십시오.

'길을 걸어가다가 우연히 그 사람을 만납니다. 아직 그 사람이 나를 알아채리지 못한 상태입니다. 나만 그 사람을 먼저 발견하였는데 저기 10m 앞에서 걸어오고 있습니다.'

내가 그 사람을 봤을 때의 느낌에 주의하십시오. 마음의 설레임을 표현하는 단어들, 주변의 분위기, 빛, 그림자, 향기, 꽃과 색깔, 감정적인 떨림등 무엇이든 생각하며 그 사람을 시로 적어보십시오. 역시 이어지는 제 시는 읽지 마시고 먼저 시를 쓰십시오. '마음이 말하는 대로 수정하지 않고 5분 이내에'

시를 다 쓰셨으면 이제 다른 관점, '너'에게 초점이 맞춰서 쓴 저의 시를 읽어보십시오.

너는 너이기에

어디에 있든지
너는 아름답다

빛이 들어 비춰도
너는 아름답고
빛이 없어 그늘져도
너는 아름답다

너는 너이기 때문이고
나이기 때문이다

너는 아름답다

사실 그 사람을 시로 묘사하는 것은 오히려 쉽습니다. 왜냐하면 우리 안에는 그 사람이 가득 들어 차 있기 때문이고 오랜 시간동안 그

사랑 고백 수업

사람을 생각하면서 가을처럼 무르익었기 때문입니다. 단지 표현이 서툰 것 외에는 모든 것이 충분합니다.

이제 여러 가지로 그 사람을 표현할 수 있는 것들을 확장해서 쓰는 법을 시도해보겠습니다. 몇 가지 제가 예를 들어보겠습니다. 먼저 그 사람을 생각하며 벌어지는 표현들을 적는 것입니다.

마음을 드러내는 표현들: 설레다. 숨이 막히다. 끝나다. 소리가 나지 않았다. 눈물이 났다. 괴로웠다. 기쁘다. 죽음같았다.

주변의 분위기를 드러내는 표현들: 시끄럽다. 고요하다. 바람이 불었다. 비가 왔다.

주변의 꽃, 빛, 향기등으로 드러내는 표현들: 장미가 만발했다. 향기로왔다. 어두웠다. 밝았다. 스산했다.

제가 쓴 표현들은 표현할 수 있는 일부분에 지나지 않습니다. 중
요한 것은 자신의 표현들입니다.

하정완의 시쓰기

이제 제가 적은 '그 사람'에 대한 표현들로 시를 써보겠습니다. 주
의해서 위의 쓴 몇 개의 단어들이 어떻게 쓰여지는지 살피십시오.

사망 선고

너를 보는 순간
나는 끝났다

여전히 바람은 부는데
고요했다
죽음이 왔다

그런데
오히려
나는 빛났다

이제 제가 쓴 방법같이 자신이 쓴 표현들이나 저의 표현들을 사용해서 시를 써보십시오.
오로지 그 사람을 생각하면서. '마음이 말하는 대로 수정하지 않고 5분 이내에'

III

시를
흘러나오게 하다

제8일

흘러나오는 대로
시를 쓰다

분명 시는 사랑에 약하지만 시를 쓰는 것은 쉽지 않습니다. 마음에 가득한 그리움이 부족한 것도 아니고 죽고 싶을만큼 사랑하지 않은 것도 아니지만 시를 마음껏 쓰지 못하는 것은 무질서하기 때문입니다. 사랑 때문에 완전히 엉크러져 들뜬 상태이어서 그렇습니다.

문제는 어떻게 내 안에 가득한 사랑의 질서를 잡고 규모있게 정리할 것인가 하는 것이 남아있을 뿐입니다.

마음의 언어

다시 강조하지만 우리 안에는 시가 가득히 있습니다. 더욱이 사랑이란 음식으로 배양되는 시는 충만합니다. 하지만 엉크러져 무질서하게 있을 뿐입니다.

우리 마음에 있는 시들을 어떻게 끄집어내어 질서있게 배열할 것인가 하는 것의 가장 큰 걸림돌은 사람들의 시선에 길들여진 포장하고 꾸미는 우리의 거짓 자아입니다. 그러므로 이제부터 연습은 포장하거나 꾸며지지 않은 순수한 그대로의 참 자아가 갖고 있는 마음 속 시를 끄집어내는 것에 집중하겠습니다.

이제 연습을 하겠습니다. 우선 내가 사랑하는 그 사람을 생각하십시오. 약 1-2분에서 5분 정도 그 사람을 자유롭게 생각하십시오. 그리

흘러나오는 대로 시를 쓰다

고 무엇이 떠오르든지 자유롭게 적으십시오. 약간 생소해서 어렵겠지만 의식하지 말고 그냥 흘러나오는 대로 적어야 합니다.

지금 우리가 시를 공부하고 있기 때문에 시를 쓰려할텐데, 그럴 필요 없습니다. 시를 쓴다고 생각하지 말고 자유롭게 아무 단어나 흘러나오는대로 나열해보십시오. 컴퓨터 자판 치는 것이 느린 분은 손으로 종이에 써도 괜찮습니다.

연습이어서 약 6줄 정도만 써보겠습니다. 매우 주의할 것은 멈추지 말고 생각없이 아무 단어나 의미도 생각하지 말고 쓰셔야 합니다. 이해를 돕기 위해서 제가 쓴 예를 들겠습니다. 다음은 제가 이 원고를 쓰면서 적은 문장입니다. 제가 이 여섯 줄을 쓰는데 불과 1분 15초 걸렸습니다. 읽으시면 알겠지만 특별한 문장이 아닙니다.

어두움이 슬그머니 밀려오자 나는 눈이 아팠다. 무엇일까? 어디에서 오는 향기일까? 가슴이 아파왔다. 음악은 나의 몸을 뒤흔들고 가슴은 흔들렸다. 저기 빛이 보인다. 어두움은 여전한데 막막함도 여전한데 겨울도 여전한데 그렇게 소리가 들렸다. 나의 사랑일까? 어떻게 걸어가라는 뜻일까? 살며시 미소가 지어졌다. 슬픔도 드러났다. 그래도 나는 노래한다. 이유는 알 수 없어도 구름처럼 나는 걸어간다.

불과 1분 15초동안 이 글을 썼다면 의식을 하고 이성을 사용해서 쓴 것이 아니라 그저 어떤 생각도 없이 흘러나오는 대로 썼다는 뜻입니다. 하지만 분명한 것은 이 글들은 내 안에 들어있는 것을 끄집어낸 것입니다. 단지 흘러나오는 것을 허용한 것입니다.

자, 이제 써보겠습니다. 이 정도 분량의 글을 아무 생각없이 흘러나오는대로 단지 멈추지 말고 쓰셔야 합니다.

흘러나오는 대로 시를 쓰다

엄청난 글

지금 자신이 쓴 글을 슬쩍 읽어봐도 알겠지만 무슨 대단한 글이 아닙니다. 하지만 그 안에는 놀라운 것이 숨어 있습니다. 그 놀라운 것을 찾는 시도를 해보겠습니다.

우선 전체 글의 분량을 3분의 1로 줄이겠습니다. 이성적으로 한 가지 주제 아래 취사선택을 합니다. 우리가 계속 사랑에 대하여 말하고 있으므로 사랑을 주제로 정리하겠습니다.

당신에게로

슬그머니
눈이 아팠다
가슴도 아파왔다

무엇일까?
어두움은 여전하고
겨울도 여전한데

미소가 지어졌다

이유는 알 수 없어도

나는 걸어간다

이 시는 제가 자유롭게 거의 무의식 상태에서 쓴 글을 가지고 정리한 것입니다. 원래 글의 밑줄 친 부분이 위의 시의 글들입니다.

어두움이 슬그머니 밀려오자 나는 눈이 아팠다. 무엇일까? 어디에서 오는 향기일까? 가슴이 아파왔다. 음악은 나의 몸을 뒤흔들고 가슴은 흔들렸다. 저기 빛이 보인다. 어두움은 여전한데 막막함도 여전한데 거울도 여전한데 그렇게 소리가 들렸다. 나의 사랑일까? 어떻게 걸어가라는 뜻일까? 살며시 미소가 지어졌다. 슬픔도 드러났다. 그래도 나는 노래한다. 이유는 알 수 없어도 구름처럼 나는 걸어간다.

무엇이 보이십니까? 그렇습니다. 우리 안에는 엄청난 저장 창고가 있습니다. 그런데 저장 창고에 재료들이 무질서하게 방치되어 있었던 것입니다. 그것을 '사랑'이란 주제로 시각을 좁혀서 정리한 것입니다.

흘러나오는 대로 시를 쓰다

자, 이제 앞에서 자신이 썼던 시를 가지고 제가 했던 것처럼 사랑이란 주제 아래 글을 3분의 1정도만 밑줄을 그으십시오. 그리고 그 밑줄 그은 부분만 적어보십시오.

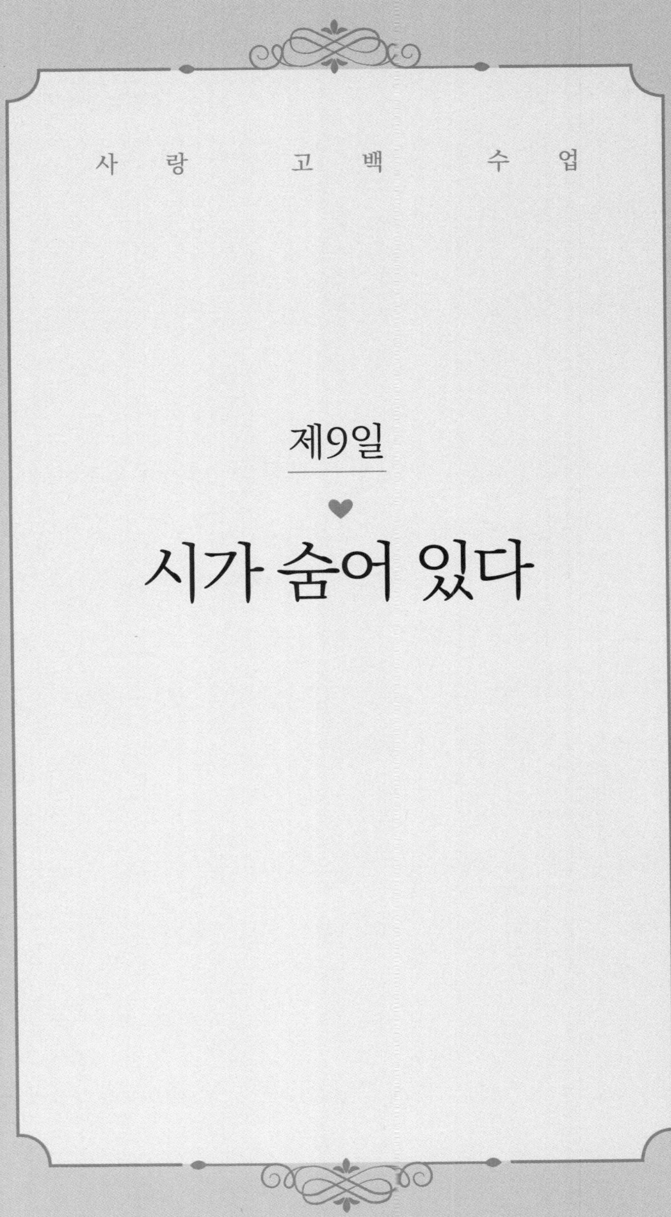

사 랑 고 백 수 업

제9일

시가 숨어 있다

시가 숨어 있다

아마 자신의 무질서한 글들을 정리해서 다시 배열할 때 예상치 못한 시가 되는 것을 봤을 것입니다. 이처럼 우리 안의 저장 창고에는 아직도 상상할 수 없을만큼 많은 시들이 가득 차 있습니다.

다시 한번 연습하겠습니다. 제가 먼저 해보겠습니다. 다음은 제가 이 원고를 쓰면서 즉흥적으로 적은 문장입니다.

우리는 꿈처럼 새로운 마음으로 다가왔다 그렇게 꿈이 시작되었고 말을 할 수 없었다 어디로 가는 것일까 그러면 무엇이 이루어질 수 있는 것일까? 그렇지 않다면 바람은 무엇을 말하는 것일까? 숨쉴 수 있을까? 그리로 걸어가면 보이기는 할까? 아무도 보지 않는 곳에서 노래하였다. 어느 사이인가 숨이 차오르기 시작하였다. 소리도 들리지 않는데 노래가 나온 것이다. 그것이 나였다.

제가 쓴 이 글은 어떤 생각도 없이 흘러나오는 대로 쓴 글입니다. 그러므로 이 글들은 내 안에 들어있는 것을 끄집어낸 것입니다. 흘러나오는 대로 말입니다.

어제 했던 것처럼 이 글의 분량을 3분의 1 이하로 줄이겠습니다.

역시 우리 안에 가득한 사랑을 주제를 마음에 품고 줄이겠습니다. 편하게 제가 썼던 글 중 마음에 다가오는 단어 혹은 문장에 밑줄을 긋겠습니다.

우리는 꿈처럼 새로운 마음으로 다가왔다 그렇게 꿈이 시작되었고 말을 할 수 없었다 어디로 가는 것일까 그러면 무엇이 이루어질 수 있는 것일까? 그렇지 않다면 바람은 무엇을 말하는 것일까? 숨 쉴 수 있을까? 그리로 걸어가면 보이기는 할까? 아무도 보지 않는 곳에서 노래하였다. 어느 사이인가 숨이 차오르기 시작하였다. 소리도 들리지 않는데 노래가 나온 것이다. 그것이 나왔다.

이제 밑줄 친 글들을 질서있게 정리하겠습니다.

노래

새로운 마음이었다
그렇게

말을 할 수 없다
어디로 가는 것인지

무엇이 있는 지

숨쉴 수 있을까
보이기는 할까
어느 사이엔가 숨이 차오르기 시작하였다
소리도 들리지 않는데 노래가 나왔다

나였다
당신이었다
사랑이었다

자, 이제 한번 해보겠습니다. 먼저 눈을 감고 마음을 침잠하게 하고 그 사람을 생각하십시오. 약 5분 정도를 생각하십시오. 사실 더 많은 시간을 생각할 수도 있겠지만 그럴 필요는 없습니다. 우리 안에는 이미 그 사람을 연민함이 가득 차 있기 때문입니다. 사실 슬쩍 건들기만 해도 그 사람이 흘러나올 것입니다.

글을 써보십시오. 반복하여 말하지만 이성적으로 글을 쓰는 것이 아니라 그저 그 사람만 생각하는데 무엇인가 안에서 밖으로 흘러나오는 것을 받아쓰면 됩니다. 떠오르는 것을 받아쓰는 것입니다.

평상시에 혼자 할 때는 더 긴 문장을 써도 상관없습니다. 그러나 지금 이 시간에는 6줄 정도만 쓰겠습니다. 약 2분 내외 시간이면 충분합니다. 자신 안에서 흘러나오는 것을 아무 단어나 나열하시면 됩니다. 자, 시작하십시오.

다 썼으면 제가 했던 것처럼 이 글의 분량을 3분의 1 이하로 줄여보십시오. 마음에 다가오는 단어 혹은 문장에 밑줄을 그어보십시오.

자, 이제 밑줄 친 글들을 사랑이란 주제로 마음에 품고 질서있게 정리해보십시오. 제목을 먼저 쓰고 정리해도 되고 아니면 시를 쓴 후에 제목을 적어도 좋습니다.

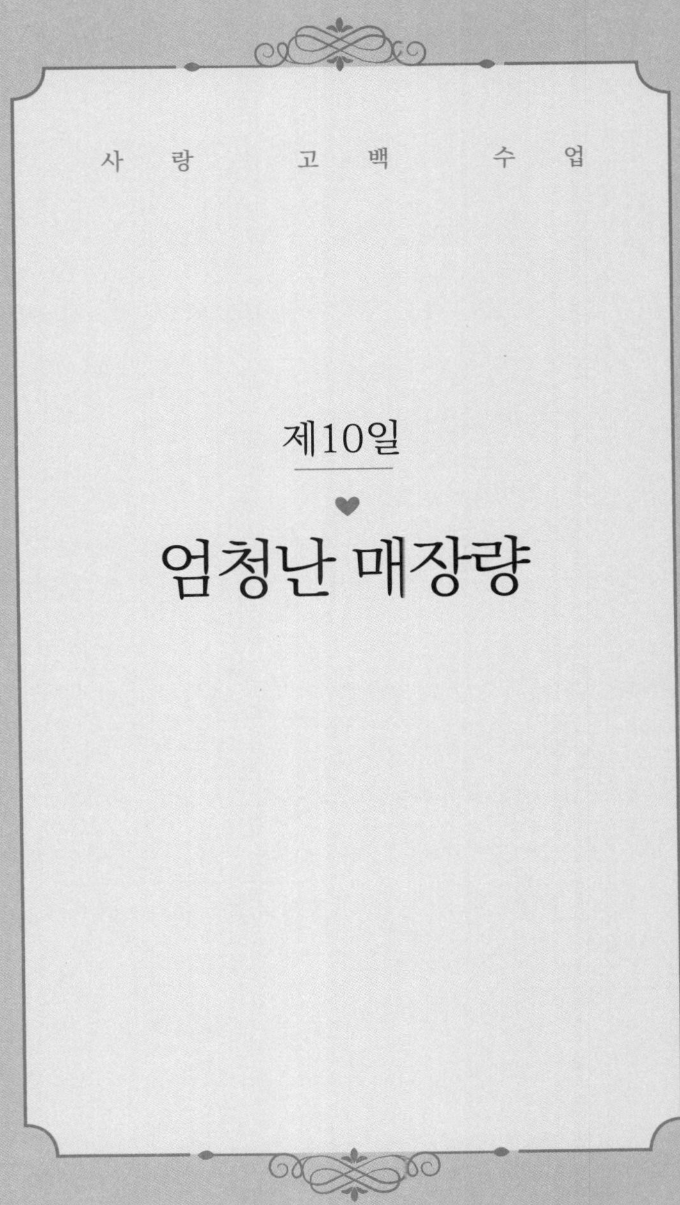

제10일

엄청난 매장량

내 안에 시가 있다

아마 다시 한번 놀랐을 것입니다. 내 안에 숨어 있는 시가 있다는 사실 때문입니다. 그런데 사실은 그 이상의 것이 우리 안에는 매장되어 있습니다.

어제 제가 정리하여 나온 그 시의 원래 글을 다시 정리해보겠습니다. 이번에는 그 글의 행간에 숨은 보물들을 끄집어내겠습니다. 우선 어제 썼던 정리되지 않았던 글입니다.

다시 그 사람을 생각하며 사랑을 그리면서 품고 이 글을 읽겠습니다. 그리고 다시 마음에 다가오는 단어나 문장들에 밑줄을 긋겠습니다.

우리는 꿈처럼 새로운 마음으로 다가왔다 그렇게 꿈이 시작되었고 말을 할 수 없었다 어디로 가는 것일까 그러면 무엇이 이루어질 수 있는 것일까? 그렇지 않다면 바람은 무엇을 말하는 것일까? 숨쉴 수 있을까? 그리로 걸어가면 보이기는 할까? 아무도 보지 않는 곳에서 노래하였다. 어느 사이인가 숨이 차오르기 시작하였다. 소리도 들리지 않는데 노래가 나온 것이다. 그것이 나였다.

이번에 글을 쓸 때는 그 단어와 문장들의 행간에 떠오르는 새로운 감정이나 생각들을 사용해서 시를 써보겠습니다.

신음처럼

꿈처럼
그녀가 다가왔다

말을 못했다
마음에는
바람만 불었다

숨이 차오르고
눈은 어두워지는데
노래만 부르고 있었다
신음처럼

시를 써보시면 알겠지만 어제와 다른 느낌의 글이 나옵니다. 왜냐하면 처음에 쓴 정리되지 않은 글은 그 사람으로 가득 찬 가능성의 글이기 때문입니다. 그 말은 언제든지 변형될 수 있는 열린 글이라는 뜻입니다. 이미 이 글은 여백을 가지고 있는 것입니다. 우리가 쓸 때 이성을 가지고 경직되게 글을 쓴 것이 아니어서 그렇습니다.

그런데 하루 사이에도 마음이 흔들리고 움직입니다. 바로 그 사람 때문입니다. 우리 마음은 매일 그 사람때문에 새로워지고 있는 것입니다. 모든 사물은 다시 보이고 마음은 매일 다른 모습을 합니다. 이것이 사랑입니다. 시가 사랑에 약하다는 뜻입니다. 그런 까닭에 앞의 글은 또 다른 시를 만들어낼 수 있습니다.

우리는 꿈처럼 새로운 마음으로 다가왔다 그렇게 꿈이 시작되었고 말을 할 수 없었다 어디로 가는 것일까 그러면 무엇이 이루어질 수 있는 것일까? 그렇지 않다면 바람은 무엇을 말하는 것일까? 숨쉴 수 있을까? 그리로 걸어가면 보이기는 할까? 아무도 보지 않는 곳에서 노래하였다. 어느 사이인가 숨이 차오르기 시작하였다. 소리도 들리지 않는데 노래가 나온 것이다. 그것이 나왔다.

당신 때문에

새로운 것이
다가왔다
시작되었다

불안하지 않았다
어디로 가는지

사랑 고백 수업

궁금하지도 않았다

그리로 걸어가면
보이기는 할까
질문이 생기지도 않았다

노래만 나왔다

이 시는 '당신 때문에'란 제목을 붙이므로 생동적인 느낌을 드러 냈습니다. 가득한 은유를 사실적 표현의 제목을 붙이므로 살아난 것 입니다.

얼핏 보면 원래 글에는 없던 문장들이 보일 것입니다. 그러나 그 것 역시 '정리되지 않은 글'이 가진 개방성에서 나온 자유로운 표현 입니다. '불안하지 않았다'는 표현은 '말을 할 수 없었다'를 읽으면서 나온 생각이었고, '궁금하지도 않았다'는 표현은 '무엇을 말하는 것일 까?'을 읽을 때 떠오른 생각이었습니다.

앞으로 얼마든지 처음 썼던 '정리되지 않은 글'로 더 많이 무한정 시를 쓸 수 있다는 것을 눈치챘을 것입니다. 사실 그 '정리되지 않은 글' 에도 오랜 날동안의 사랑과 생각이 그리움처럼 덕지 덕지 붙어있기 때

엄청난 매장량

문입니다. 그래서 쓰는 데로 계속 나오는 것입니다. 이게 바로 사랑하
고 있는 우리 자신의 내면입니다.

사랑 고백 수업

이제 한번 해보십시오. 어제 썼던 자신의 '정리되지 않은 글'을 보면서 앞에서 가르쳐준 방법을 좇아 시를 써보십시오. 특히 행간의 여유를 생각하고, 각 단어와 문장들에게도 자유를 주셔서 마음껏 흘러나오게 허용하십시오. 놀라운 글이 나올 것입니다.

제11일

무한정
그리워함으로

무한정 그리워하다

하룻밤을 자고 일어났다면, 그래서 새로운 날을 맞았다면 다시 그 사람으로 새로워졌을 것입니다.

오늘은 다른 환경에서 시를 쓰겠습니다. 혹시 그 사람과 같이 했던 장소나 카페에서 혹은 그 사람과 같이 들었던 음악이 있는 곳이면 좋습니다. 그렇지 않아도 상관 없습니다. 다음의 재료만 있으면 됩니다.

근사한 카페 구석진 곳, 나만 생각할 수 있는 곳
음악이 좋은 곳
내가 좋아하는 커피 같은 음료
그 사람을 위한 시를 쓰는 노트
정말 내 언어같이 좋은 펜

이제 이 책의 아래 여백이나 따로 준비한 습작 노트가 있다면 그 노트에 습작할 때 했던 6줄에 얽매이지 말그 자유롭게 더 길게 충분히 '정리되지 않은 글'을 써보십시오. 오로지 내 상상 속에서 그 사람을 생각하며 이성을 사용하지 말고 흘러나오는 대로 자유롭게 글을 쓰십시오.

먼저 잠시 눈을 감으시고 침묵으로 그 사람을 생각하십시오.
그 사람을 무한정 그리워하시다가 그 터져 나오는 글을 쓰십시오.

사랑 고백 수업

이제 앞에서 배운 방법을 좇아 정리하며 시를 써보십시오. 만약에 여러 개의 시를 쓰고 싶다면 다른 색의 펜으로 줄을 긋거나 다른 색의 색연필로 사용한 단어나 문장을 표시하시면 됩니다. 자, 이제 자유롭게 그 사람을 사랑하며 시를 쓰십시오.

놀라운 비밀

이 방법으로 시 쓰기를 멈추지 마십시오. 이같은 쓰기 방법의 목적
은 내 마음의 영역에서 흘러나오는 것이 자유롭게 편견없이 어떤 생각
들에도 사로잡히지 않고 오직 사랑이라는 필터로 걸러내어 적는 데 있
습니다.

우리 내면은 훈련되지 못했습니다. 우리 내면의 복잡한 생각과 오
랜 시간동안 만들어진 편견과 세상이 준 프레임에 갇힌 자아가 자유롭
지 못하기 때문입니다. 하지만 이같은 방법의 글쓰기 연습이 지속되면
서 자신의 내면을 정리하는 기술을 언젠가는 갖게 될 것입니다.

IV

시인의 언어를 배우다

제12일

♥

상사병에 걸린 사람

　　사랑한다는 것은 사랑의 지배를 받는 상황을 말합니다. 무엇을 하든 사랑이란 눈으로 보게 됩니다. 그렇게 사랑이 깊어지면 언제나 생각 속에 그 사람이 남아있습니다. 그것이 소위 '상사병(相思病)'입니다.

그대만 생각합니다

　　이같은 상사병에 이를 때 가장 큰 문제는 해결점이 없다는 것입니다. 그 사람을 만나기 전까지는 끝나지 않습니다. 참 위험한 일입니다.

너만 사랑한다

어디를 향하든
너를 사랑한다

네가 보는 것을
사랑하고
네가 생각하는 것을
사랑한다

너만
사랑한다

시를 쓸 때 가장 좋은 시점은 두말할 것도 없이 상사병에 걸렸을 때였습니다. 사실 사랑을 말하는 대부분의 시인은 상사병에 걸린 시인들입니다. 그 중의 한 사람, 라이너 마리아 릴케를 소개합니다.

기도 시집

라이너 마리아 릴케, 1897년 5월 12일 젊은 라이너 마리아 릴케가 14살 연상의 루 안드레아스 살로메를 만납니다. 만나는 순간 사랑에 빠졌습니다. 당시 루 살로메는 결혼한 유부녀였지만 우리가 잘 아는 니체와 프로이드의 연인이기도 했습니다. 그런 루 살로메를 사랑하게 된 것입니다. 이처럼 사랑은 이상합니다.

이처럼 사랑은 도무지 가늠할 수 없습니다. 그런 까닭에 이성적이지 않습니다. 릴케가 루 살로메를 사랑한 것 자체가 그것을 말해줍니다. 이미 깊은 사랑에 빠진 릴케의 기도는 살벌하고 잔혹하기까지 합니다.

내 눈빛을 꺼주세요. 그래도 당신을 볼 수 있습니다.
내 귀를 막아주세요. 그래도 당신의 목소리를 들을 수 있습니다.
발이 없어도 당신께 갈 수 있습니다.
입이 없어도 당신을 부를 수 있습니다.

내 팔을 꺾으세요. 그러면 손으로 하는 것처럼

내 심장으로 당신을 잡을 것입니다.

내 심장을 막아주세요. 그러면 내 뇌가 고동칠 것입니다.

내 뇌에 불을 지르면,

내 피에 당신을 실어 나르겠습니다.

(루 살로메에게 헌정한 '기도시집'에서)

이것이 사랑입니다. 사실 우리가 이렇게 살 수는 없습니다. 하지만 우리 안에서 이런 감정이 나옵니다. 그래서 사랑입니다.

릴케와 살로메의 사랑은 계속되지 않았습니다. 하지만 릴케가 1901년 결혼하지만 그의 마음 속에는 여전히 살로메가 있었습니다. 다시 만날 수 없었지만 사라지지 않았습니다. 사랑이 이렇습니다.

1주일만이라도

당신 곁에 머물며

당신의 얘기를 듣고

나의 얘기를 들려주고 싶습니다

그럴 수는 없는 걸까요

만날 수는 없는 걸까요

(릴케의 '두이노의 비가' 중에서)

상사병에 걸린 사람

그 후로도 릴케는 살로메를 만나지 못하였습니다. 그런데 그것이 우리가 아는 릴케가 되었습니다. 언제나 그의 심장과 감정을 만지고 일으킨 대상은 살로메였기 때문입니다.

불같은 상사병은 아니라할지라도, 이것 역시 상사병입니다. 사랑이 가져다주는 병, 우리 안에 어떤 것도 감출 수 없게 만드는 병입니다. 언제나 시인들은 이 병을 앓고 있는 자라 해도 틀리지 않습니다.

사랑시를 쓰는 이유

병에 걸리지 않았는데
사랑시를 쓴다면
거짓이겠지

거짓이 아니라면
다 끝난 불씨라도 살려보려는
아우성이겠지

시를 쓰고자 한다면 먼저 마음 속에 식은 사랑에 불을 붙여야 합니다. 불이 없는 채로 시를 쓴다는 것은 고통이기 때문입니다. 그렇다

사랑 고백 수업

면 사랑의 불이 붙어있는 사람들은 얼마나 행복한 사람이겠습니까?

자, 이제 시를 써보겠습니다.

＊시 쓰기

눈을 감고 그 사랑을 생각해보십시오. 그 사랑의 그리운 기억들을 생각해보십시오. 그 사람의 얼굴, 손길, 미소, 눈빛, 속삭임을 생각해보십시오. 특히 그 사람이 전해주었던 언어들, 단어들을 생각해보십시오. 갑자기 불타오르는 생각이 떠올랐다면 이제 쓰십시오. 잊지 마십시오. 자, 이제 당장 시를 써야합니다.

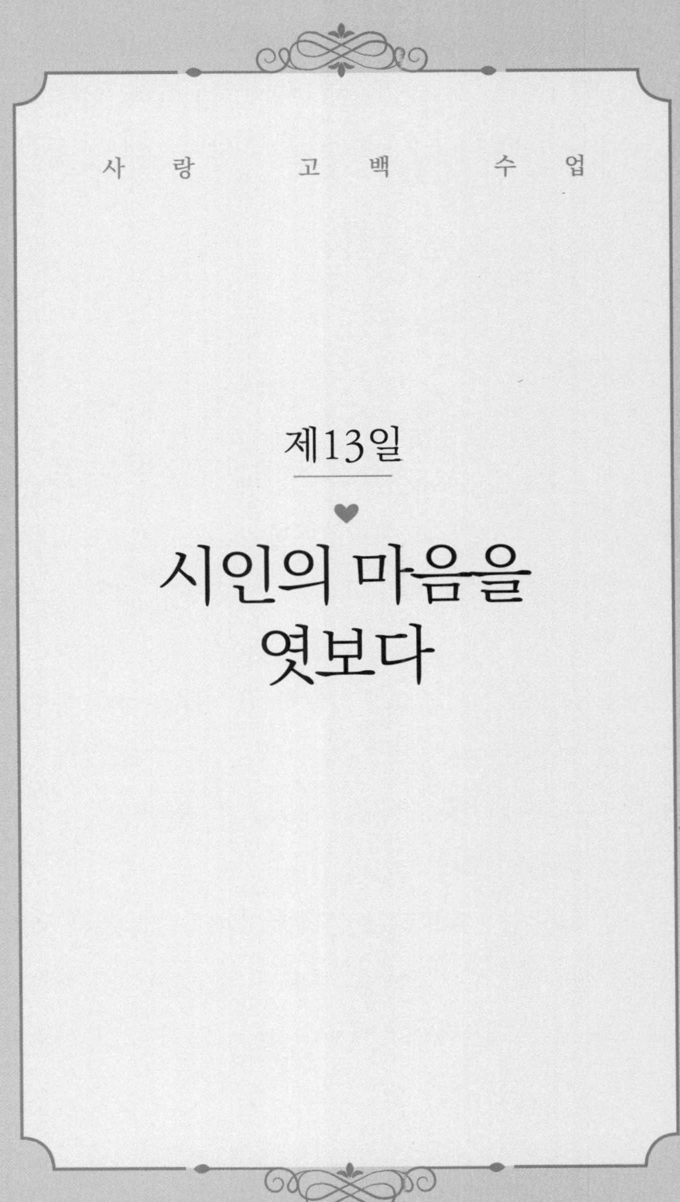

제13일

시인의 마음을 엿보다

언제나 사랑은 나보다 앞서갑니다. 내가 표현할 수 있는 것보다 사랑의 감정은 더 깊고 더 진하게 움직입니다. 그래서 시를 쓰기가 어려운 것입니다. 나의 이 기막힌 감정과 사랑을 글로 표현하기에 뭔가 어색하고 모자라기 때문입니다. 소위 쓰고나면 너무 유치한 느낌이 드는 이유입니다.

유혹을 받다

그래서 사람들은 유혹을 받습니다. 사랑의 마음을 표현하고 싶은데 자신의 시는 너무 어리숙해 보이니까 말입니다. 그때부터 다른 사람의 시를 인용하거나 베끼기 시작합니다.

그래도 '괜찮습니다.' 그렇게 시를 베껴도 괜찮습니다. 하지만 머지않아 문제가 발생할 것입니다. 내가 모방하고 베낀 사랑의 대상은 내가 사랑하는 사람과는 다른 사람이기 때문입니다. 곧 적절치 못한 사랑의 표현들이 들어갈 것입니다.

또 다른 치명적인 문제점이 발생하게 되는데, 그것은 진정성이나 순전함을 표현하지 못하게 되는 것입니다. 나의 고백이 아니라 다른 사람의 고백을 그저 빌려온 것이기 때문입니다. 그런 까닭에 인용과 모방은 영원히 지속될 수는 없습니다.

사랑 고백 수업

'답은 내가 시를 쓰는 것이다.'

그렇다면 왜 시를 쓰는 것을 두려워하는 것입니까? 그것은 내 시가 어리석고 부족해 보이기 때문입니다. 하지만 어리숙한 시는 없습니다. 아무리 못나 보여도 시는 시입니다. 예를 들어 종달새와 참새는 각기 스스로 아름답습니다. 알다시피 그들의 모양이 아름다워서 아름다운 것이 아니라 그들이 그렇게 살아있기 때문에 아름다운 것입니다.

마찬가지입니다. 사랑이 아름다운 것은 사랑하기 때문입니다. 동시에 어리석고 부족해보여도 모든 시는 아름답습니다. 그 시에는 다른 어떤 것보다 우월한 '진정성'이 있기 때문입니다.
그러니까 그 안에 진정성이 있다면 그것은 아름다움입니다. 세상 모든 사람이 그렇게 보지 않아도 최소한 나와 그 시를 읽는 사랑하는 사람에게만은 감격이기 때문입니다.

사랑이 재료가 된 시는 모두 아름답다

사랑이 재료가 된 시는 모두 아름답습니다. 어리석은 것은 없습니다. 오히려 상투적으로 다른 시를 슬쩍 베껴서 사랑을 표현한 것보다 백배는 더 아름답습니다.

하지만 시인들이 갖고 있는 표현들을 배우는 것은 필요합니다. 특히 우리는 기본적으로 사랑할 수 있지만 사랑을 표현하기에는 익숙하지 못하기 때문입니다. 그래서 시인들의 글이 우리에게는 너무 고마운 일이 아닐 수 없습니다.

'투박하더라도 자신의 시를 써야 한다.'

그러나 투박하더라도 자신의 시를 써야 합니다. 그래야 시인이 될 수 있으며, 무엇보다 그것이 진실한 것이기 때문입니다. 더 중요한 것은 자신의 언어로 자신의 사랑을 표현하는 것이야말로 가장 힘 있는 고백이기 때문입니다.

하지만 이미 말한 것처럼 우리는 너무 모자라고 투박하고 부족합니다. 그런 까닭에 다른 시인들의 사랑을 배우고, 시를 배울 필요가 있습니다. 그 시인들의 시를 읽는 것은 그런 까닭에 참 중요합니다.

사랑하다가 죽어버려라

정호승 시인이 쓴 시집 중에 '사랑하다가 죽어버려라'는 책이 있습니다. 재미있는 것은 그 시집에는 '사랑하다가 죽어버려라'는 제목의 시는 없습니다. 단지 그 시집 안의 시들 중에 '그리운 부석사'란 제목의 시가 있는데 그 시 안에 '사랑하다가 죽어버려라'는 표현이 첫 줄에 나옵니다. "사랑하다가 죽어버려라/ 오죽하면 비로지느불이 손가락에 매달려 앉아 있겠느냐/ 기다리다가 죽어버려라"(정호승의 '그리운 부석사' 중) 그러니까 출판사에서 시집 제목으로 시 구절 하나를 따온 것이었습니다.

사랑하다가 죽어버려라

사람들은 사랑을 모른다
자기 마음대로 사랑하고
사랑한다고 말을 한다

너는 어찌되었던지
나만 사랑하고
사랑한다고 말을 한다

너는 무엇을 원하는지
너는 무엇이 되고 싶은지
물어보지도 않는다

그저 내가 원하는 것만
내 마음대로 네가 되는 것을
사랑이라고 말한다

사랑하다가 죽어야 하는데
너를 사랑하기 위해
내가 죽어야하는 것이
사랑인 것을 알지 못한다

나를 살리는 것은
사랑이 아닌 것을 알지 못한다
너를 살리는 것이 사랑인 것을 알지 못한다

그러므로 사랑하다가 죽어버려라

이 시는 제가 2005년에 쓴 시집 '사랑이 나를 미치게 한다'(나눔사)에 실립니다. 재미있는 것은 한동안, 물론 일부는 지금도 인터넷 상에 '사랑하다가 죽어버려라'란 시를 정호승 시인의 시로 아는 이들이 많습니다.

어찌됐든지 말하고 싶은 것은 다른 시인들의 시, 그것도 절절히 사랑을 노래하던 이들의 시를 읽는 것은 매우 중요합니다. 그들이 쓴 사랑의 기법들을 우리가 알고 내 마음을 표현하는 방법으로 사용할 수 있기 때문입니다.

이번에 숙제는 시집 읽기입니다. 우선 서점으로 가셔서 마음에 드는 시집을 한 권 삽니다. 물론 사랑에 대한 시집이면 좋습니다. 그리고 읽기 시작합니다. 읽다가 시에 숨어있는 사랑의 감정이 드러나면 그때 시를 쓰시면 됩니다. 제가 쓴 '사랑하다가 죽어버려라'는 시처럼 말입니다.

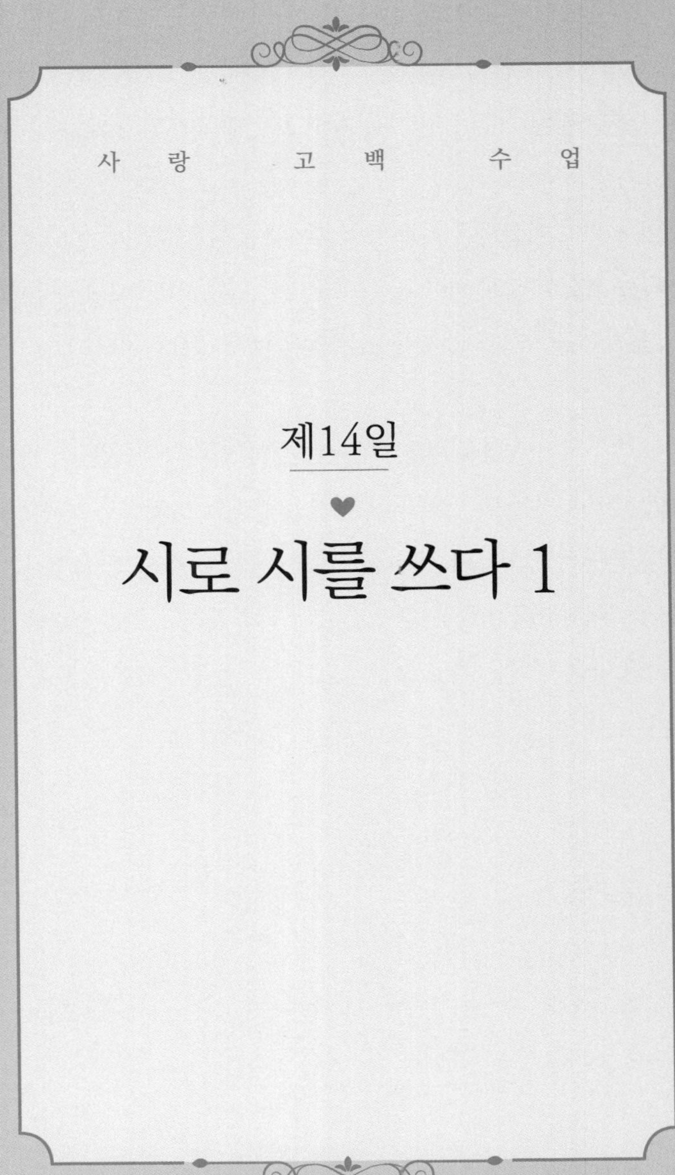

제14일

♥

시로 시를 쓰다 1

시인들은 이미 사랑으로 고민한 사람이거나 사랑 때문에 죽다가 살아난 사람들입니다. 그래서 시인들의 사랑 시를 읽으면 다시 가슴이 떨립니다. 우리 안에 숨겨진 채 가득히 쌓여있던 시가 시인들의 시를 읽으며 열린 것입니다. 시인의 사랑이 그 시에 묻어 있기 때문입니다.

더욱이 그 아름다운 시들은 우리에게 사랑을 고백하는 시의 틀을 제공해줍니다. 어떻게 써야 하는지에 대한 깊은 인사이트를 제공합니다. 그래서 다른 시인들의 시를 읽는 것은 매우 중요합니다.

하지만 목적은 결국 내가 시를 쓰기 위함입니다. 시인들의 시는 내 마음의 시의 곳간을 여는 열쇠 혹은 불을 붙이는 라이터로 사용하시면 됩니다. 분명히 시인들의 시가 내 안을 자극하여 내 안의 숨겨진 시들을 불러 일어나도록 영향을 줄 것입니다. 닫혀있거나 오랜 시간동안 프로그램된 마음의 벽을 깨고 흘러나오도록 마음을 건드는데 도움을 줄 것입니다.

마음 건들기

이제 내 안의 마음을 건들어 그 안에 숨어있던 시가 흘러나오도록 하는 연습을 해보겠습니다.

가장 중요한 것은 아무런 편견 없이 시를 읽는 것입니다. 생각하지 않고 읽으셔야 합니다. 그리고 다 읽고난 후 내 안에서 떠오르는 대로 내 안의 내가 말하는 나의 시를 씁니다.

자, 시를 먼저 읽어보십시오. 읽으실 때 주의할 것은 그 시를 마음에 담기 위하여 입으로 속삭이듯이, 그 사람에게 고백하는 마음으로 읽으십시오. 동시에 그 소리를 내 귀로 들으시고 머리로 그 사람을 상상하십시오. 그같은 태도를 가지고 시를 읽습니다. 주어진 5개의 시를 읽고 난 후 바로 나의 시를 씁니다.

반드시 지켜야 할 것은 앞에서 훈련한 것처럼 다른 생각이나 경험적으로 만들어진 거짓자아의 프레임에서 벗어나 글을 써야 합니다. 시간은 5분 이내여야 합니다. 반드시 지켜야 합니다.

'마음이 말하는 대로 수정하지 않고 5분 이내에'

시로 시를 쓰다 1

가는 길

김소월

그립다
말을 할가
하니 그리워

그냥 갈가
그래도
다시 더 한 번...

저 산에도 까마귀, 들에 까마귀,
서산(西山)에는 해진다고
지저귑니다.

앞 강물 뒷 강물
흐르는 물은
어서 따라 오라고 따라 가자고
흘러도 연달아 흐릅디다그려.

별 헤는 밤

윤동주

계절이 지나가는 하늘에는
가을로 가득 차 있습니다.

나는 아무 걱정도 없이
가을 속의 별들을 다 헤일 듯합니다.

가슴속에 하나둘 새겨지는 별을
이제 다 못 헤는 것은
쉬이 아침이 오는 까닭이요,
내일 밤이 남은 까닭이요,
아직 나의 청춘이 다하지 않은 까닭입니다.

별 하나에 추억과
별 하나에 사랑과
별 하나에 쓸쓸함과
별 하나에 동경과
별 하나에 시와
별 하나에 어머니, 어머니,
(윤동주, '별 헤는 밤' 중에서)

사랑하는 까닭

한용운

내가 당신을 사랑하는 것은
까닭이 없는 것이 아닙니다
다른 사람들은 나의 홍안만을 사랑하지마는
당신은 나의 백발도 사랑하는 까닭입니다.

내가 당신을 그리워하는 것은
까닭이 없는 것이 아닙니다.
다른 사람들은 나의 미소만을 사랑하지마는
당신은 나의 눈물도 사랑하는 까닭입니다.

내가 당신을 기다리는 것은
까닭이 없는 것이 아닙니다.
다른 사람들은 나의 건강만을 사랑하지마는
당신은 나의 죽음도 사랑하는 까닭입니다.

사랑 고백 수업

누가 바람을 보았을까

크리스티나 로제티

누가 바람을 보았을까
나도 너도 보지 못했네
나뭇잎이 흔들릴 때
바람은 스쳐 갔는데

누가 바람을 보았을까
나도 너도 보지 못했네
나무들이 고개 숙일 때
바람은 스쳐 갔는데
(하정완 역)

모란이 피기까지는

김영랑

나는 아직 나의 봄을 기다리고 있을테요

모란이 뚝뚝 떨어져버린 날

나는 비로소 봄을 여읜 설움에 잠길테요

5월 어느 날, 그 하루 무덥던 날

떨어져 누운 꽃잎마저 시들어 버리고는

천지에 모란은 자취도 없어지고

뻗쳐오르던 내 보람 서운케 무너졌느니

모란이 지고 말면 그뿐,

내 한 해는 다가고 말아

삼백 예순 날 하냥 섭섭해 우옵네다

모란이 피기까지는

나는 아직 기다리고 있을테요,

찬란한 슬픔의 봄을

자, 이제 당장 시를 쓰십시오. 떠오르는 대로 쓰시면 됩니다. 다시 앞의 시들을 볼 필요는 없습니다

제15일

시로 시를 쓰다 2

시가 살아나다

정말 깊은 내면의 묵상이 이뤄진 시인들의 시는 우리 내면을 터치합니다. 아마 이미 경험했을 것입니다. 그러므로 사랑을 담은 시를 많이 읽는 것은 매우 유익합니다. 우리가 미처 생각하지 못한 내 안의 시상(詩想)을 떠올리게 하는 까닭에 나도 모르는 사이에 마음의 시가 살아나기 때문입니다.

깊은 사랑이 내재된 시들을 읽기 시작하는 순간부터 우리의 마음은 요동칠겁니다. 그때 마음에 떠오르는 것은 내가 살아왔던 날의 사랑과 지금 사랑의 부분일겁니다. 다음 시들은 저의 시집 '그러므로 더 사랑하라'(나눔사, 2022)에 있는 시들입니다. 이 시들을 읽고 단순히 베끼는 것이 아니라 당신의 고백으로 새롭게 변화된 자신만의 시를 써보십시오.

자, 이제 읽고 써보십시오.
'마음이 말하는대로 수정하지 않고 5분 이내에'

사람이 사람을 사랑하는 거

사랑 고백 수업

사람이 사람을 사랑하는 거

너만 선명해진다
나는 희미해지고

사랑하지 말라고 할 수도 없고

너만 살아있는다
나는 사라져버리고

사람이 사람을 사랑하는 거

사랑 고백 수업

그런 생각

사랑한다고
말을 하면
사랑이 올까

그런 생각을 했다

더 많이 사랑한다고
말을 하면
더 많은 사랑이 올까

그런 생각을 했다

죽도록 사랑한다고
말을 하면
죽음 같은 사랑이 올까

그런 생각을 했다
그런 생각만 한다

너무 짧다

당신을 사랑하기에는
하루가 너무 짧다

아침에 일어나
당신을 노래하기에는
아침이 너무 짧고

밤을 새우며
당신을 그리워하기에도
밤은 너무 짧다

하루 종일 당신을 바라보다가
이내 하루가 지나가는
하루가 너무 짧다

당신을 사랑하다가
죽도록 사랑하여도
시간이 모자랄 것 같다

너무 짧다
너무 짧다

살아있으니

살아있으니
사랑하는 거지

죽어있으면
사랑이 되겠어

그러니 사랑이 사라지면
죽은 것과 같아

아직 사랑이 있으면
죽을만큼 힘들어도 괜찮은 거지

살아있는 거니까

오늘 사랑하라

내일 죽을 것처럼
오늘 사랑하고

내일 없는 것처럼
오늘 사랑하라

메마른 나무처럼
모든 것이 사라지기 전에
오늘 사랑하라
죽도록

진하게 입맞춤하라
오늘 사랑하라

자, 이제 당장 시를 쓰십시오. 떠오르는 대로 쓰시 면 됩니다. 다시 앞의 시들을 볼 필요
는 없습니다

V

사랑을 고백하다

제16일

♥

외로움을 시로 쓰다

지금까지 우리는 그 사람을 생각하면서 내 마음 안에 가득한 시를 끄집어내어 표현하는 매우 기본적인 시 쓰기를 시도했습니다. 이제 나머지 일주일동안은 오로지 그 사람만 생각하며 시를 쓰겠습니다.

그런데 위기가 올 수도 있습니다. 바로 '외로움'의 위기입니다. 오로지 그 사람을 생각하면서 마음을 휘저어놓은 까닭에 그리움과 외로움이 가득 차 오르기 때문입니다.

만일 그 사람과 서로 사랑을 고백한 사이라면 괜찮겠지만 만일 아직 고백하지 못한 상태로 짝사랑의 단계라면 많은 걱정이 일어날 수 있습니다. 특히 사랑을 시로 써가는 일이 간혹 사랑하는데 아무런 도움이 되지 않는다는 생각이 들 수도 있습니다.

과연 나의 사랑을 받아줄까?

그럴 수 있습니다. 하지만 반드시 잊지 말아야 할 것이 있습니다. 사랑은 사랑 그대로 아름답다는 것입니다. 사랑하고 있기 때문입니다. 원래 사랑이란 어떤 목적을 가지고 하는 것이 아니라 내 안에서 끝없는 그리움으로 사랑하는 것입니다.

그러므로 사랑을 후회하지 마십시오. 너무 집착하지 마십시오. 사랑은 상사병에 걸릴만큼 하되 나의 소유로 그 사람을 집착하는 것은 스토킹이거나 오만한 이기적 집착일 뿐이기 때문입니다.

충분합니다

사랑할 수 있다면
그것으로 족합니다

앙상한 가지만 있던 나에게
사랑이 시작되었으니 말입니다

분홍색을 띠는 내 마음
이미 설레임이 가득합니다

온통 겨울일 때에도
봄이 되었지만
봄 날에는
견딜 수 없는 봄이 됩니다

사랑 때문입니다
사랑이 생겨서 그렇습니다

사랑만으로 충분합니다
그것만이어도 충분합니다

　그런데 우리가 이 세상을 살면서 학습된 것은 사랑을 쟁취하는 것에 대한 이야기입니다. 사랑, 그것만으로 충분하다고 배우지 않았습니다. 하지만 사랑은 사랑으로 충분한 것입니다.

　'사랑은 사랑으로 충분하다.'

　사랑하는 것으로 충분하다면 사랑을 절절히 느낄 수 있는 외로움은 축복입니다. 엄청나게 요동치기 때문입니다. 결국은 사랑이 뼛속까지 스며들도록 외로움은 작동합니다. 그것 때문에 외로움은 위험할 수 있습니다. 견디기가 힘들지도 모릅니다.

　'어떤 경우 외로움은 위험하다.'

　박범신이 쓴 소설을 영화화한 '은교'는 70대 시인 이적요에게 17살의 소녀 은교가 한 마리 새처럼 찾아오면서 벌어지는 이야기입니다. 무감각했던 시인 이적요의 마음에 사랑이 생기자 그는 봄처럼 다시 살아납니다.

　그런데 이적요의 제자 서지우가 그 사이에 끼어듭니다. 그리고 이어진 '은교'의 감독 정지용만의 새로운 이야기가 삽입됩니다. 원래 박범신의 소설에는 없는 장면입니다. 고등학생 은교가 서지우와 섹스를 하던 장면에서 은교가 불쑥 이런 말을 내뱉습니다.

"여고생이 왜 섹스를 하는지 아세요?
… 외로우니까"

고등학생 은교의 경우 외로움은 위험한 것으로 나타났습니다. 뼛속까지 흔들어대는 외로움을 막을 수 없었습니다. 그러다 깊이 자기 연민이나 자기 위로의 극치에 이르러 이같은 극단적인 행동을 한 것입니다. 더욱이 이런 행동들에 대한 면죄부를 수많은 영화와 잘못된 가르침을 통하여 이미 학습되어서 더 자연스럽습니다.

분명히 외로움은 놀라운 힘을 가지고 있지만 그 외로움은 위험할 수 있습니다. 그 외로움을 누리고 즐기는 것 대신에 무엇인가로 채우고 모면하려 할 때입니다. 특히 영화 '은교'에서 은교처럼 그 외로움을 섹스나 많은 사람들이 쉽게 택하는 술, 담배, 세속적 즐거움들로 탈출하려 할 때 위험해집니다.

'외로울 때 시를 쓰다.'

이 얼마나 근사하고 아름답습니까? 그런데 사람들은 시를 쓰지 않습니다. 시를 쓰는 것은 사소하거나 유치해보이기까지 합니다. 하지만 시를 쓸 수 있다면, 그 깊은 외로움과 내면의 깊이를 흔드는 것을 시로 표현할 수 있다면 얼마나 멋있는 일입니까?

　더 놀라운 것은 시를 쓰는 순간 우리 안에 요동치는 것들이 조용히 제 자리를 찾아갑니다. 바로 그것이 수많은 사람들이 시를 쓴 이유입니다.

　'시를 쓴다면 외로움도 괜찮다.'

　릴케와 살로메, 둘의 만남은 어느 날 끝납니다. 1901년 릴케가 보헤미안적인 삶을 마치고 결혼한 후부터였습니다. 그 후 릴케는 살로메를 거의 만날 수가 없었습니다. 1911년에 루 살로메에 대한 그리움으로 쓴 '두이노의 비가'에서 알 수 있지만 그 그리움과 외로움은 그의 시의 원인이었습니다. 그리고 1926년 12월 29일 죽을 때까지 살로메를 만나지 못하지만 그를 우리가 아는 릴케가 되게 하였습니다. 외로움과 그리움이 만든 것입니다.

　'외로움이 시인을 만든다.'

　사랑을 시작하면 그리움이 찾아오고 곧 외로움이 시작됩니다. 그것이 사랑입니다. 그때 그것을 누리고 즐기고 쾌락해야 합니다. 다른 방법들, 은교처럼 혹은 다른 방법으로 그 외로움을 잠재우려 할 때 우리는 퇴락하게 될 뿐입니다.

외로움은 당연한 거니까

물고기조차 외로움을 탄다는데
사람이 외로운 것은 당연한 일
외롭지 않은 것이 문제이겠지

바람이 불어도 외롭고
비가 떨어져도 외롭고
별 빛에도 외로움이 묻어나겠지

사람이 사랑하는거니까
외로움은 당연한 일

그러니 더 많이 외로움을 즐기고
그러니 더 많이 외로움을 쾌락하고

사랑할 때
외로움은 당연한 거니까

사랑 고백 수업

아마 이번 글을 읽어내려온 지금 외로움이 밀려왔을 것입니다. 원래 외로움이란 말하고 생각하는 순간 드러나는 것이라서 그렇습니다. 이제 그 외로움을 시로 써보십시오.

그래도 외로움을 이기는 것이 쉽지는 않습니다. 그렇게 힘든 친구들에게 정호승 시인이 한 말 '외로우니까 사람이다'란 말을 전해주고 싶습니다. 그리고 제가 쓴 이 시로 위로하고 싶습니다.

모두가 외로우니까

외롭더라도 참으렴
나도 외로우니까
아니 예외없이
이 세상 모두가 외로우니까

그래서 시인은
'외로우니까 사람이다'라고 말했지

그런데 사람들은 외로워하기를 싫어하지
그래서 사랑을 하고
그래서 세상을 즐기고
그래서 무엇을 만들지

그런다고 외로워지지 않을가
그렇지 않지

그래서 더 세고
더 근사하고
더 강렬한 것을 만들지
사람들이 원하니까
외롭고 싶지 않으니까

그런다고 해결될까
그렇지 않지

난 그냥 외로울란다
나 혼자 사랑하고
나 혼자 즐기고
나 혼자 있으련다

이것도 괜찮다
예상외로

너도 참아보렴
외롭더라도
다시 한번 그 시인의 말로 해볼까
'외로우니까 사람이다'

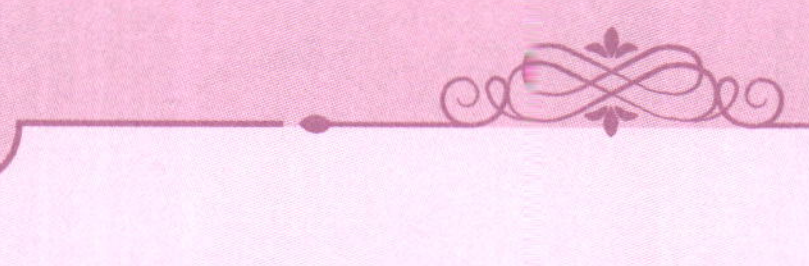

제17일

편지를 쓰다

오늘은 편지를 써보겠습니다. 그동안 우리가 썼던 시들은 사랑하는 그 사람에게 직접 전달하기 보다는 혼자 습작하는 데 주안점을 두었습니다. 그래도 그 사람을 생각하며 시를 쓴 까닭에 아마 지금쯤 마음에 가득한 사랑의 감정은 주체할 수 없을 것입니다.

그래서 편지를 쓰겠습니다. 아무 생각없이가 아니라 모든 생각, 그 사람으로 가득 찬 생각들을 끄집어내어 말하는 고백록같은 글이 될 것입니다. 마음을 직접적으로 표현한다는 것만으로 설렐 것입니다. 그동안 공부한 것이 매우 놀라운 도움이 되는 것을 느낄 것입니다.

물론 이 편지는 당장 보낼 편지는 아닙니다. 지난 두 주간을 넘게 생각하며 걸어온 마음을 정리하는 것 정도로 생각하면 좋겠습니다.

상투적인 사랑 편지

먼저 편지를 쓰기 전에 제가 쓴 시 '상투적인 사랑'을 읽어보십시오. 아마 저와 똑같은 마음이라 생각합니다.

상투적인 사랑

가을이 되면
편지를 쓰겠다고
다짐했었지만

어김없이
단 한 줄도 쓰지 못했다

너무나도 뻔한 말들...

'사랑한다
보고 있어도 보고 싶다
그립다...'

이런 말들 밖에
쓸 것이 없었다

내 안에 들어있는
당신을 향한 것들
이런 것들 밖에 없으니까

상투적인 것들 밖에 없으니까

다른 생각은 나지도 않으니까

상투적인 표현이 어울릴 수 밖에 없는 편지가 될지 모르지만 편지가 즐거운 이유는 고칠 수도 있고 다시 쓸 수도 있기 때문입니다. 자유롭게 그 사람에게 편지를 써보십시오. 편지는 시가 아니어도 되기 때문에 솔직한 감정을 일상적인 필체로 쓰시면 됩니다. 다음은 제가 사랑하는 사람에게 쓴 편지 전문입니다.

사랑하는 당신에게

오늘은 하루 종일 비가 내렸습니다. 그래서 당신이 더 그리웠습니다. 언제부터인지 모르지만 제 마음에는 온통 당신 뿐입니다. 나도 모르는 사이에 생긴 현상입니다.

이상한 환청 같은 일도 생겼습니다. 빗소리는 당신의 음성처럼 들리고, 비가 그친 후 보이는 햇살은 당신 얼굴 같습니다. 심각하게 되었습니다.

당신을 처음 만났을 때부터 오랜 시간이 지났는데도 늘 저는 이렇습니다. 당신만 생각하면 가슴이 설레는 것은 어쩔 수 없습니다.

늘 옆에 있어도 그립습니다. 늘 말을 건네고 있어도 늘 말하고 싶습니다. 늘 같이 걷고 있어도 쉬임없이 외롭고 당신이 그립습니다. 언제쯤 이 같은 것이 끝날지 잘 모르겠습니다.

오늘은 하루종일 당신을 기다립니다. 당신의 문자를 기다리고 당신의 발자국 소리를 기다립니다. 당신을 만나면 '사랑한다'고 말하고, 꽉 껴안고 싶지만 실제로 만나면 겸연쩍게 웃을지도 모릅니다. 늘 그렇 듯이 말입니다.

당신이 있어서 난 행복합니다. 정말 살아있는 것 같습니다. 사 랑합니다.

당신의 정완 씀

편지는 문자와 카톡과는 달리 이상하게 글 쓰는 사람을 차분하고 정중하게 만듭니다. 그것이 생각하는 글의 힘일 것입니다.

저의 경우 늘 시를 쓰는 것이 생활화되어서 편지조차 시처럼 쓰게 되지만 엄밀하게 말하면 시라고 분류하기에는 너무 풀어쓴 글입니다. 둘론 산문시로 분류할 수도 있습니다.

자, 이제 편지를 써보겠습니다. 그 사람에게 편지를 써보십시오. 길게 써도 상관없습니다. 편지지에 써도 상관없고 노트나 블로그에 적어도 상관없지만 분명한 대상에게 쓰는 편지여야 합니다.

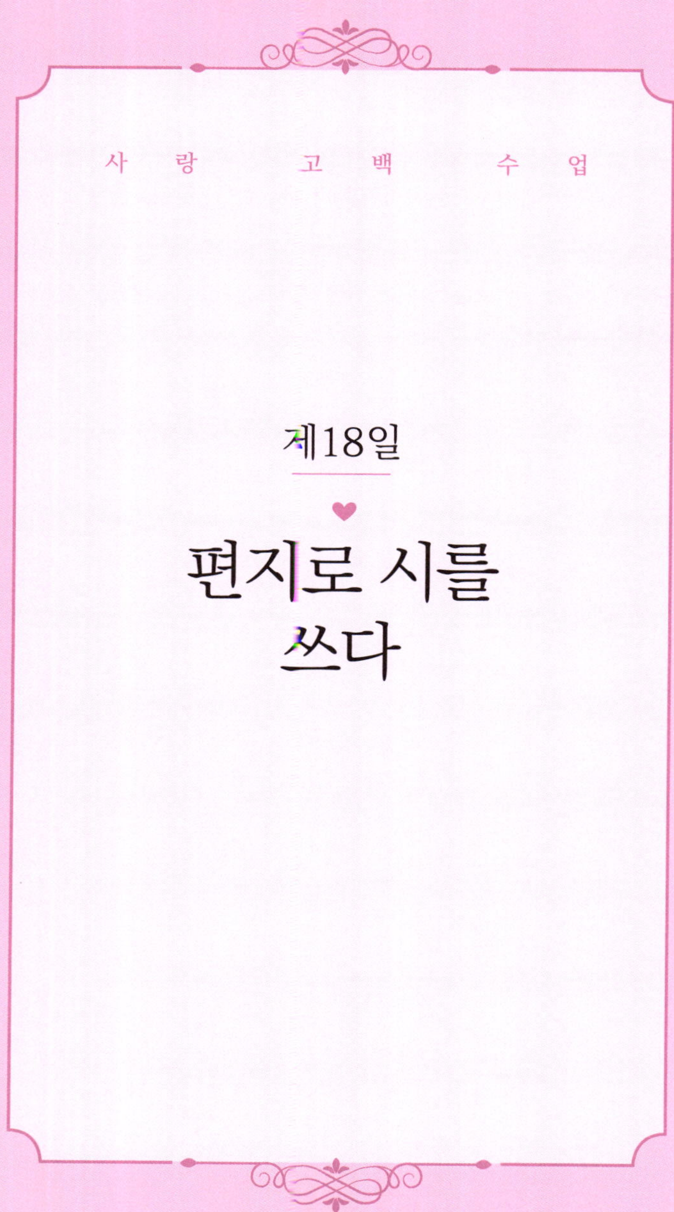

제18일

♥

편지로 시를
쓰다

어제 그 사람에게 쓴 자신의 편지를 다시 읽어보십시오. 아마 엄청난 사랑의 감정이 실려있는 것이 보일 것입니다. 당연히 그 편지 안에는 매우 많은 주제들과 메타포가 살아있음이 틀림 없습니다.

당연히 우리가 쓰는 시 쓰기에 치명적인 도움을 주는 것은 말할 필요도 없습니다. 그래서 이 기막힌 편지로 시를 써보겠습니다.

첫 번째 시, 느낌으로 쓰기

자신이 쓴 편지를 읽자마자 드는 느낌으로 시를 쓰십시오. 아마 읽는 순간 강한 마음의 움직임이 있어서 시를 쓰는게 어렵지 않을 것입니다.

먼저 편지를 한번 읽고 난 후 드러난 그 느낌으로 쓰시면 됩니다. 이때 그 편지를 다시 읽거나 거기에 있는 어떤 글자에 신경 쓸 필요는 없습니다. 아래 글은 제가 쓴 편지를 읽고 터져나오는 느낌으로 쓴 시입니다.

비

무슨 소리가 들려
문 밖으로 나갔더니
비가 오고 있었죠
당신이셨죠

처음엔 긴가민가
비가 오는 줄 몰랐죠
당신인 줄 몰랐죠

인기척이라도 하셨으면
더 빨리 당신을 만났었을텐데
투덜거리는 나를
당신이 말없이 안으시네요

흠뻑 젖었어요
당신에게 젖었어요
비에 젖었어요
사랑해요

자, 제가 보여준 것처럼 이제 시를 써보겠습니다. 먼저 자신이 쓴 편지를 읽습니다. 그리고 앞에서 첫 번째 방식인 느낌을 가지고 시를 써보겠습니다.

이때 자주 읽을 필요 없습니다. 한 번이면 충분합니다. 또한 거기에 어떤 글자에 신경 쓸 필요는 없습니다. 그냥 느낌으로 쓰시는 것입니다.

두 번째 시, 편지를 축소하여 쓰기

이번에는 이미 앞에서 연습했던 '흘러나오는 대로 시를 쓰던' 방법을 택하여 써보겠습니다. 먼저 자신이 쓴 편지의 문장 안에서 마음에 드는 표현들에 밑줄을 그어보십시오. 그것이 곧 시가 될 것입니다. 먼저 제 편지입니다.

사랑하는 당신에게

오늘은 하루 종일 비가 내렸습니다. 그래서 당신이 더 그리웠습니다. 언제부터인지 모르지만 제 마음에는 온통 당신 뿐입니다. 나도 모르는 사이에 생긴 현상입니다.

이상한 환청 같은 일도 생겼습니다. 빗소리는 당신의 음성처럼 들리고, 비가 그친 후 보이는 햇살은 당신 얼굴 같습니다. 심각하게 되었습니다.

당신을 처음 만났을 때부터 오랜 시간이 지났는데도 늘 저는 이렇습니다. 당신만 생각하면 가슴이 설레는 것은 어쩔 수 없습니다.

늘 옆에 있어도 그립습니다. 늘 말을 건네고 있어도 늘 말하고 싶습니다. 늘 같이 걷고 있어도 쉬임없이 외롭고 당신이 그립습니다. 언제쯤 이 같은 것이 끝날지 잘 모르겠습니다.

오늘은 하루종일 당신을 기다립니다. 당신의 문자를 기다리고 당신의 발자국 소리를 기다립니다. 당신을 만나면 '사랑한다'고 말하고, 꼭 껴안고 싶지만 실제로 만나면 겸연쩍게 웃을지도 모릅니다. 늘 그렇듯이 말입니다.

당신이 있어서 난 행복합니다. 정말 살아있는 것 같습니다. 사랑합니다.

당신의 정완 씀

다음의 시는 제가 쓴 편지에 밑줄 친 것들을 기초로 해서 쓴 첫 번째 시입니다. 여러 느낌들이 흘러나온 까닭에 편지를 두 개로 나뉘어 시를 썼습니다. 그 첫 번째입니다. 밑줄 친 부분들과 비교해보십시오.

편지로 시를 쓰다

살아있는 것 같지만

하루 종일 비
온통 당신 뿐

이상한 환청
심각하다

오랜 시간이 지났는데도
늘 나는 이렇다

문자를 기다리고
발자국 소리를 기다리고

그래서 살아있는 것 같지만

편지의 중간 부분 아래에 있는 또 다른 글들을 가지고 정리한 두 번째 시입니다.

유효기간 없음

늘 옆에 있어도
그립고

늘 말을 건네고 있어도
말하고 싶고

늘 같이 걷고 있어도
쉬임없이 외롭고
당신이 그립습니다

언제쯤 끝날지 잘 모르겠습니다

앞의 예처럼 자신이 쓴 편지의 문장 안에서 마음에 드는 표현들에 밑줄을 그어보십시오.
그것으로 시를 써보십시오.

세 번째 시, 떠오른 이미지를 무작위로 쓰기

이미 편지를 읽은 후 떠오르는 시를 쓰는 작업이 끝나고 난 후에
도 여진이 남아있을 수 있습니다. 이제는 무작위로 시를 쓰시면 됩니
다. 우선 제가 쓴 시들입니다.

살아있다는 것

살아있다는 것은
당신을 사랑하는 것

죽어있다는 것은
당신을 사랑할 수 없는 것

당신을 보는 것
내 눈이 존재하는 이유
당신을 듣는 것
내 귀가 존재하는 이유
당신을 만나는 것
내 손이 존재하는 이유
이것이 나,
내가 살아있다는 것

제가 한 방법처럼 편지를 읽은 후 떠오르는 여진의 느낌이 남아있다면 시를 써보십시오.
자유롭게 쓰시면 됩니다.

제19일

너를 자세히
사랑하다

이제 나머지 3일 동안은 오로지 그 사람만 생각하며 외로워하고 치열하게 사랑하고 아파해보십시오. 오로지 그 사람만 생각하십시오.

그 사람을 생각하면 어떤 느낌이 오십니까? 무엇보다 먼저 그(그녀)의 모든 것이 사랑스러워질 것입니다. 사실 사랑에 빠진다는 것은 처음 무엇 때문에, 어떤 모습 때문에 사랑이 시작될 수는 있지만 점점 모든 것이 사랑스러워져 가는 것입니다.

그(그녀)의 모든 것이 사랑스러워지다

왜 이런 일이 벌어지는 것입니까? 자세히 보기 시작했기 때문입니다. 그래서 보이지 않던 것도 보이기 시작한 것입니다. 보이지 않던 보조개, 보이지 않던 목의 작은 점까지 아름답게 다가옵니다. 그런 것만이 아닙니다. 그의 말투, 몸짓... 어떤 때는 귀엽습니다. 푹 빠집니다. 자세히 보면서, 자세히 알면서 깨닫게 된 것입니다.

그러므로 사랑하는 것의 시작은 보는데서 비롯됩니다. 우리의 눈이 존재하는 이유일 것입니다. 사랑은 이렇게 보는 것입니다.

와

너를 보는 순간
내 눈을 의심하였다

너의 아름다움은
시간이 갈수록 다른 것을
이제야 알았으니까

예전보다
지금 너는 더 아름답고
예전보다
지금 너는 더 매혹적이다

와,
내가 탄성을 지른 이유이다

더욱이 내가 너를 사랑하니
와,

이제 내가 사랑하는 대상을 자세히 생각해보십시오. 그(그녀)의

사랑 고백 수업

외모만이 아니라 말투, 걸음걸이, 생각 방법 혹은 그(그녀)를 생각할 때
떠오르는 느낌까지 뭐든지 생각해보십시오.

'그 사람에 푹 빠져드십시오.'

자, 이제 그녀에 푹 빠진 채로 떠오르는 것들을 무작위로 적어보
십시오. 그것이 단어이든, 문장이든 상관없습니다. 제가 먼저 예로 적
어보겠습니다.

너는 숨막히게 아름답다. 죽인다. 견딜 수 없다. 아침에 햇살처럼 반짝인다. 어디에서 온 것일까? 신선한 바람, 상큼하다. 기막히다. 너의 반짝임은 나를 죽이고 나를 숨막히게 한다. 맑은 태양같이 나를 되살시킨다. 와우 놀랍지 않은가? 기막히고 기막히다. 갑자기 가슴이 시원해진다. 바람이 불어오는 걸까? 언제나 너는 그렇게 나의 바람같이 온다. 이상하게 숨이 막혀온다. 내가 소리없이 죽게될지도 모르지만 괜찮다. 이대로 너를 사랑한다면... 견딜 수 없다. 무수한 바람이 분다. 곧 사라질 것 같지 않다. 내가 죽어야 끝날 것 같은 느낌... 사랑스럽다. 네가

자, 이제 한번 적어보십시오. 그(그녀)를 생각하면서 떠오르는 모
든 생각들, 자세히 생각하고 그리워하면서 떠오르는 모든 느낌들을 적
어보십시오.

너를 자세히 사랑하다

이제는 우리가 그동안 해왔던 방법을 좇어 자신이 쓴 글에서 단어들을 나열해보십시오. 다음은 제가 쓴 글에서 단어들을 뽑아내어 나열한 것입니다. 나열하는 것만으로도 근사한 시가 되는 것은 두말할 것도 없습니다.

너는

.

.

.

싱싱하다

시원하다

상큼하다

맑다

순전하다

아름답다
죽인다
견딜 수 없다
와우
캡숑 짱
기막히다
사랑스럽다
반짝인다
깨끗하다
흔들린다
소리없다
바람이 분다
오롯하다
죽인다

.

.

.

그리고 숨막힌다
죽을 것 같다

너를 자세히 사랑하다

이제는 자신의 글에서 단어들을 뽑아내어 나열해보십시오. 한 편의 시가 되는 것은 당연할 것입니다.

‘자세히 보아야 예쁘다.’

그런데 어느 날부터인가 저에게 벌어진 현상은 그녀를 자세히 보지 않아도 예뻐지기 시작한 것입니다. 이미 충분히 내 안에 그녀가 녹아들어있기 때문이기도 하지만 사랑의 깊이는 그녀의 존재 자체로 기뻐하는 지경에 이르게 한 것입니다.

‘자세히 보지 않아도 예쁘다.’

왜냐하면 내가 사랑하는 ‘너’이기 때문입니다. 그것이 제가 깨달은 것입니다. 아마 이것을 곧 깨닫게 될 것입니다.

너라서 예쁘다

멀리서 보아도 예쁘고
가까이서 보아도 예쁘다

너라서 예쁘다

웃어도 예쁘고
울어도 예쁘다

너라서 예쁘다

우울할 때도 예쁘고
활기찰 때도 예쁘다

너라서 예쁘다

예쁘지 않을 때가 없다
항상 예쁘다

생각만 해도 예쁘다
너라서 예쁘다

사랑 고백 수업

이제 쉽게 시가 쓰여질 것입니다. 지금 그(그녀)를 시로 표현해보십시오.

너를 자세히 사랑하다

VI

사랑하다 죽기로 하다

제20일

침몰하는 너에게로 뛰어들다

아마 행복한 시간이었을 것입니다. 누군가를 사랑하고 누군가만 생각하며 그리워한 시간이었기 때문입니다. 그 사람을 사랑하기 때문에 아프고 병들었다면 자랑스러운 일입니다. 그렇지 않습니까?

이런 병이라면

사랑함으로
생긴 병이라면
치료약이 없다

하긴
치료 약이 있더라도
치료할 계획도 없다

계속 아파도 괜찮다
이런 병이라면

죽도록 아프고
그러다 죽더라도
그냥 아프고 싶다
이런 병이라면

침몰하는 너에게로 뛰어들다

아마 깊이 병이 들었는지도 모르겠습니다. 사람이 이 세상을 살면서 할 수 있는 가장 아름다운 병을 말입니다. 뿐만 아니라 '사랑하다 죽기로 하다'는 마음의 다짐이 생겼을지도 모릅니다. 그렇다면 진심으로 자신을 축복해도 좋습니다.

이 아름다운 사랑의 밀어 쓰기를 정리하면서 한 영화를 소개하고자 합니다. 아름다운 사랑 이야기가 담긴 영화 '타이타닉'입니다.

침몰하는 너에게로 뛰어들다

타이타닉, 1912년에 완공되었던 유람선 타이타닉호가 1912년 4월 10일 영국의 사우스 힌튼 항구를 떠나서 뉴욕을 향해서 떠나고 있었습니다.   2,223명의 승객이 타고 있었는데 출항한지 5일 후인 4월 14일 밤 11시 40분 빙하에 충돌하면서 새벽 2시 30분에 침몰합니다. 그런데 구명 보트 수는 승객의 50%밖에 안되었습니다. 하지만 단순 산술적으로 보면 최소한 1,100여명이 구조되어야 했는데 실제는 3분의 1만 구조되었고 무려 1,500명이 죽습니다. 영하 4도의 얼음 바다여서 구조선이 오기 전 구명조끼를 입은 채로 동사했던 것입니다. 참 불행한 사건이었습니다.

그런데 그곳에 그 죽음도 괜찮을만큼 사랑하던 사람들이 타고 있었습니다. 로즈(케이트 윈슬릿), 몰락해가는 집안의 딸이었습니다. 어머니가 볼 때 이 기막힌 세상에서 몰락한 집안을 일으키고 다시 신분

사랑 고백 수업

상승을 할 방법은 상류사회의 남자에게 결혼시키는 것이었습니다. 그 남자가 돈 밖에 없는 칼 헉슬리(빌리 제인)였습니다.

로즈는 받아들일 수 없었습니다. 그녀는 죽음으로 자신의 인생을 끝내려 합니다. 바로 그때 우연히 잭(레오나르도 디카프리오)이 나타납니다. 그런데 잭이 그 바닷 속으로 로즈와 함께 뛰어내리겠다는 것입니다. 그 말 앞에 로즈가 할 수 있는 것은 '미쳤다'는 말이었습니다. 그것이 사랑의 시작이었습니다.

사랑이란 이처럼 너의 침몰하는 세상 속으로 내가 함께 뛰어들어가는 것을 말합니다. 사실 이 장면을 보면서 기억나는 노래가 있습니다. 영화 '원스'의 주제곡 '폴링 슬로우리'(Falling Slowly)입니다.

Take this sinking boat and point it home
가라앉는 이 배를 붙잡아줘
We`ve still got time
우리에겐 아직 시간이 있어요
Falling slowly sing your melody
천천히 당신의 노래를 부르세요
I`ll sing along
나도 따라 부를께요

침몰하는 너에게로 뛰어들다

로즈의 침몰하는 세상 속으로 잭이 들어온 것입니다. 너와 함께 침몰하겠다고 말하면서 말입니다.

너의 침몰하는 세상 속으로

타이타닉이 침몰하기 시작할 때였습니다. 여자이기에 위기의 타이타닉에서 먼저 구출되는 사람들 속에 포함되어 있던 로즈가 탈출용 보트를 탄 채 바다 위로 천천히 내려가고 있었는데 배에 남아있던 잭이 자신을 보고 있는 것을 봅니다. 어쩌면 마지막이 될지도 모르는 순간이었습니다. 바로 그때 탈출용 보트를 타고 내려오던 로즈가 갑자기 배로 뛰어듭니다. 잭과 함께 죽겠다는 뜻이었습니다.

잭이 있는 곳이 비록 죽음이지만 그 세상에서 함께 침몰하겠다는 것이었습니다. 죽음이 기다리고 있는 것을 뻔히 알면서도 뛰어내린 것입니다. 자신의 침몰하는 세상 속으로 뛰어들었던 잭을 향한 로즈의 답이었습니다. 격렬한 사랑의 입맞춤이었습니다. 죽어도 좋다는 것이었습니다.

이렇게 자신에게 물어보십시오. 나는 그(그녀)의 세상 속으로 침몰할 준비가 되어 있습니까?

살아있다는 것

살아있다는 것은
당신을 사랑하는 것

죽어있다는 것은
당신을 사랑할 수 없는 것

당신을 보는 것
내 눈이 존재하는 이유

당신을 듣는 것
내 귀가 존재하는 이유

당신을 만나는 것
내 손이 존재하는 이유

이것이 나,
내가 살아있다는 것

사랑은 참 놀랍습니다. 침몰하는 로즈의 세상 속으로 잭이 뛰어들고, 또한 침몰하는 세상의 잭게게로 로즈가 뛰어드는 것, 그것이 사랑입니다.

이제 이런 질문을 던지겠습니다. 어떻게 해서 죽음이 기다리고 있는 세상 앞에서 이런 입맞춤이 가능한 것입니까? 사랑이기 때문입니다. 이 사랑을 성경이 이렇게 표현했습니다.

"사랑에는 두려움이 없습니다. 완전한 사랑은 두려움을 몰아냅니다"(요일4:18)

이것이 나

내가 늘 먹는 것
당신의 호흡

내가 늘 듣는 것
당신의 속삭임

내가 늘 보는 것
당신의 마음

내가 늘 만지는 것
당신의 가슴

내가 늘 하는 것
당신을 그리워하는 것

그리고 내가 늘 꿈꾸는 것
당신

이것이 나입니다

내가 누구인지 써보십시오. 어떻게 사랑하는 존재가 되고 싶은지 써보십시오. 이 고백이 그 사람에게 전해질 때 당신의 사랑이 이해가 될 것입니다.

제21일

♥

한번 뿐인 것 처럼 사랑하다

오늘은 21일동안 시를 쓰며 그 사람을 생각하던 날의 마지막 시간입니다. 하루도 놓치지 않고 왔다면 당신은 이미 잘 준비된 사랑입니다. 마지막으로 부탁할 것이 있습니다. 사랑하다가 죽겠다는 고백은 진심으로 아름답지만 그 사람에게 강요해서는 안됩니다. 그 순간 사랑은 이기적 욕망이 될 것입니다. 사랑은 사랑하기 때문에 사랑임을 잊어서는 안됩니다.

내가 사랑하니까

내가 너를
사랑하는 것
아무도 방해할 수 없다

내가 사랑하니까
너의 동의도 필요없이
사랑하지만

네가 알아채지 못한채
평생 홀로 사랑해도 괜찮다

내가 사랑하니까
내가 선택했으니까

사랑 고백 수업

길에서 노래하는 거리의 가수, 그는 사실 청소기 등을 고치는 가게의 아버지를 도와 일하는 가난한 거리 가수입니다. 틈날 때마다 밖으로 나와 노래를 부릅니다. 아무도 듣지 않지만 그렇게 늘 노래하는 가수였습니다. 낮에는 사람들이 원하는, 아는 곡을 부르지만 밤에는 자신이 만든 자신이 부르고 싶은 노래를 부릅니다.

사랑은 바로 이 순간에 찾아오다

누군가 늘 듣고 있었습니다. 체코 출신의 어떤 여자였습니다. 그녀 역시 거리에서 꽃을 팔고 파출부로 일하는 가난한 여자였습니다. 남편은 체코에 남아있고 지금 그녀는 어린 딸과 어머니를 모시고 함께 살고 있었습니다. 하지만 그녀의 눈에 그 사람이 아름답게 온 것입니다.

'사랑이 왜 이렇게 온 것입니까?'

성 프란치스코회의 수사인 알프레드 D. 수자가 쓴 것으로 알려진 "사랑하라, 한번도 상처받지 않은 것처럼"이란 시에 그 비밀이 있습니다.

Love, like you've never been hurt.
사랑하라, 한번도 상처받지 않은 것처럼

한번 뿐인 것처럼 사랑하다

Dance, like nobody is watching you.
춤추라, 아무도 바라보고 있지 않은 것처럼.

Love, like you've never been hurt.
사랑하라, 한번도 상처받지 않은 것처럼.

Sing, like nobody is listening you.
노래하라, 아무도 듣고 있지 않은 것처럼.

Work, like you don't need money.
일하라, 돈이 필요하지 않은 것처럼.

Live, like today is the last day to live.
살라, 오늘이 마지막 날인 것처럼

이래서 그렇습니다. 거기 서 있는 존재만으로 아름답고 행복하기 때문입니다. 빛나기 때문입니다. 소유하려 하지 않기 때문입니다. 이익을 구하지 않기 때문입니다. 그래서 사랑스러운 것입니다. 그 사랑이 깊은 것입니다.

흔한 사랑이 되는 이유

처음에 영화는 단촐하기까지 한 흔한 사랑이야기로 발전될 뻔 하였습니다. 그렇게 처음 만남의 매개는 노래였고, 여자의 청소기를 고쳐주면서 관계가 급작스럽게 호감가는 관계로 발전합니다. 남자는 여자를 자신의 집으로 초청하고 자신의 노래를 들려줍니다. 여자가 너무 좋아하자 "자고 가"라고 말합니다.

상투적입니다. 언제나 우리가 봐왔던 사랑이란 주제의 식상한 공식입니다. 하지만 이 영화는 그런 이야기가 아니었습니다. 여자는 단호하게 거절하고 그 집을 떠납니다. 그리고 영화는 다시 처음부터 시작됩니다. 다시 만남에서부터 시작됩니다.

우리가 이 세상을 사는 방법이나 사랑법은 이와같지 않습니다. 우리는 마치 프로그램된 것처럼 이 세상을 살아갑니다. 이 세상이 말하는 방법을 따라서 살아갑니다. 설령 성적인 관계를 맺고 모든 것을 안다고 여겨져도 그렇게 행동해서는 안됩니다. 잊지 말아야 합니다.

재미있는 것은 영화 속의 두 사람, 흔하게 두 남녀에게서 발생하는 상투적인 사랑, 성 관계등으로 발전되지 않자 놀랍게도 드러난 것은 그들의 존재였습니다. 사랑하는 사람에게 마음을 표현할 수 있었습니다. 그들이 하고 있는 음악이란 존재가 흘러나왔습니다. 정말 아름다웠습니다.

한번 뿐인 것처럼 사랑하다

피아노를 살 형편이 되지 않는 여자가 가끔 들러서 피아노를 치는 악기 가게에서 그 여자는 남자가 기타로 치면서 말해주는 코드를 좇아 연주하며 노래합니다. 처음엔 그 남자가 알려준 코드를 따라 서툴게 치던 여자가 그 곡을 이해하고 그 남자의 노래 속으로 들어가 함께 노래하는 모습은 정말 아름다웠습니다.

사랑은 이렇게 하는 것입니다. 그런데 우리는 이렇게 하지 않습니다. 처음 만나면서부터 육체를 탐하고, 만남의 전부는 육체적인 것으로만 흐릅니다. 어느 날 부터인가 사랑하는지, 사랑하지 않는지조차 잃어버리게 됩니다. 육체 때문입니다. 그 사람을 알기도 전에, 그 사람이 어떤 존재인지, 무엇을 사랑하고, 무엇을 관심 가지며, 무엇에 열정을 갖고 있는지 물어보지도 않은 채 육체적인 사랑을 먼저 함으로 그 사람을 모르게 되는 것입니다. 아는 것처럼 보이지만 모르게 된 것입니다.

그런데 심각한 것은 육체적인 것은 곧 식상해진다는 사실입니다. 금방 싫증을 느낍니다. 그러므로 이름을 모르는 것 같은 신선함으로 조심스럽게 얘기하고, 그 설레임으로 시를 쓰듯이 말을 하고, 같이 노래할 수 있는 사이가 되어야 합니다.

처음 만난 사이처럼 사랑하라

당신의 고백이 사랑을 하게 만들었을 때 잊지 말 것은 언제나 처음 만난 것처럼 사랑해야 합니다. 지금 설레임으로 쓰던 시처럼 사랑을 고백해야 합니다.

어려운 일이지만 처음 봤을 때처럼 만나십시오. 내가 사랑하는 사람을 존중하고 조심하고 두려움을 가지고 사랑하십시오. 아무리 가까워지더라도 다시 예전으로 돌아가 예전의 보폭을 유지해보십시오. 그런데 우리는 너무 쉽게 가까워지고 너무 쉽게 다 안다고 생각합니다.

영화 속에서 두 남녀는 상투적인 사랑에 빠지지 않았습니다. 늘 처음 만난 사람처럼 보폭을 유지했기 때문입니다. 그래서 사랑은 정말 아름답게 유지될 수 있었습니다.

그래서 사랑은 서로에게 힘이 되었습니다. 남자의 음악은 여자의 사랑 때문에 상승을 누렸습니다. 그 두 사람은 같은 음악을 하는 사람으로 서 있을 수 있었습니다. 감독은 그것을 상징적으로 그 남자와 여자의 이름을 드러내지 않는 것으로 표현하였습니다.

사실 우리는 너무 익숙해져 있습니가. 우리는 매일 처음 사는 것처럼 살지 못합니다. 우리는 점점 닳고 닳아 사랑도 제대로 할 수 없습니다. 너무 익숙해지므로 가치없다고 혹은 다 알고 있다고 생각하기 때문입니다.

영화의 제목이 '원스'(ONCE)라고 붙인 것이 흥미로왔습니다. '단 한번'의 사랑을 의미합니다. 만길 그렇다면 언제나 설레일 것이고 언제나 처음 같을 것입니다. 단 한번 밖에 만날 수 없는 사람인데 사랑하는 것이라면 얼마나 소중하겠습니까?

단 한 번만

'단 한번만 만날 수 있다'
그렇게 생각하며 당신을 만나요

'오늘이 마지막이다'
그렇게 생각하며 당신을 기억해요

'오늘이 지나면
다시는 만날 수 없다'
그렇게 생각하며 당신을 기다려요

그래서 그런가요

기다림도 즐거워요

그리움도 즐겁구요

'언제나 만날 수 있고

또 누군가를 만날 수 있고'

그런 생각은 해본적도 없어요

'단 한번만 만날 수 있다'

그렇게 생각하며 당신을 사랑해요

'단 한 번만' 만날 수 있다는 간절함을 마음에 품고 시를 써보십시오. 그렇게 사랑하며 살아가십시오.

21일 동안 그 사람을 생각하며 시를 배우고 사랑의 시를 써온 시간들을 정리하십시오. 이제 남은 것은 사랑을 고백하는 일입니다. 이제 차분히 앉아서 정리하시면 됩니다.

먼저 그동안 준비해온 사랑을 축복하며 노래 한 곡을 소개하겠습니다. 이 곡을 들으면서 마지막 준비를 시작해보십시오. 원곡은 엘비스 프레슬리 것이지만 안드레아 보첼리(Andrea Bocelli)가 부른 Can't Help Falling In Love입니다. 노래 중 한 가사를 소개합니다.

Would it be a sin
If I can't help
falling in love with you
사랑에 빠진 것이
죄가 되나요?

사랑에 빠진 것은 죄가 아닙니다. 오히려 멈출 수 없는 사랑에 빠진 것은 축복입니다. 살아있는 자들만이 누릴 수 있는 것이기 때문입니다.

죄가 되나요

사랑에 빠진 것이
죄가 되나요

밤새워 잠 못 이룬 것도
죄가 되나요

사랑할 수 없는 것은
죽음과 다름 없는 것
죄라 하시더라도
어쩔 수 없습니다

사랑고백 준비

1. 사랑 고백을 할 일시와 시간을 정하십시오. 가능하면 근사한 레스토랑이나 카페 혹은 고백하기 좋은 적당한 장소도 정하십시오.

2. 그동안 시를 쓸 때마다 따로 적어온 노트 시집에 미처 적지 못한 시들을 적으시어 마무리 하십시오.

3. 노트 시집을 리본으로 묶든지 나름대로 예쁘게 포장하십시오. 그리고 마음을 담은 선물을 하나 더 준비하십시오.

4. 그 날 만나러 갈 때 마음의 기도를 드리며 순전함으로 나아갈 그 날을 기다리십시오.

이제 다 되었습니다. 진심으로 축하합니다. 당신의 사랑의 고백은 정금보다 아름다워 정오의 태양처럼 빛날 것입니다. 축복합니다.

그동안 정리한 시집을 전달하면서 이렇게 말하십시오. 이 세상에서 가장 아름다운 고백입니다.

'사랑합니다.'